Cap-au-Renard

LOUISE PORTAL

Cap-au-Renard

Roman

HURTUBISE
HMH

Données de catalogage avant publication (Canada)

Portal, Louise

Cap-au-Renard

ISBN 2-89428-606-6

I. Titre

PS8581.O745C36 2002 C843'.54 C2002-941053-3
PS9581.O745C36 2002
PQ3919.2.P67C36 2002

Les Éditions Hurtubise HMH bénéficient du soutien financier des institutions suivantes pour leurs activités d'édition :

- Conseil des Arts du Canada
- Gouvernement du Canada par l'entremise du Programme d'aide au développement de l'industrie de l'édition (PADIÉ)
- Société de développement des entreprises culturelles su Québec (SODEC)
- Programme de crédit d'impôt pour l'édition de livres du gouvernement du Québec

Maquette de la couverture : Geai bleu graphique
Photographies de la couverture : Collection privée de l'auteure
Maquette intérieure et mise en page : Martel en-tête
Photographie de l'auteur au dos du livre : © André Panneton

Éditions Hurtubise HMH ltée
1815, avenue De Lorimier
Montréal (Québec) H2K 3W6
Tél. : (514) 523-1523 Téléc. : (514) 523-9969
edition.litteraire@hurtubisehmh.com

Distribution en France :
Librairie du Québec / DEQ
30, rue Gay-Lussac
75005 Paris FRANCE
liquebec@noos.fr

ISBN 2-89428-606-6

Dépôt légal : 3e trimestre 2002
Bibliothèque nationale du Québec
Bibliothèque nationale du Canada

Imprimé au Canada

www.hurtubisehmh.com

À Jacques, mon amour.

De la même auteure

Où en est le miroir?, pièce de théâtre, en collaboration avec Marie-Lou Dion, Montréal, Éditions du Remue-ménage, 1980.

Jeanne Janvier, roman, Montréal, Libre Expression, 1981.

L'Enchantée : récit d'une quête, roman, Montréal, Québec Amérique, 2001.

Portal en chansons, recueil de poésies, Trois-Rivières, Écrits des Forges, 2001.

La Gaspésie sommeille en ce début du jour.
Inscrite en ma mémoire,
portée par mon imaginaire,
une voix absente s'est fait entendre.

« Pardonner, ce n'est pas oublier, c'est mettre un terme à la souffrance ».

Mary McLeod Bethune

PREMIÈRE PARTIE

LA MAISON

MÉLODIE

La falaise semble muette. Aucun goéland. Le fleuve encore sombre vient fracasser ses blocs de glace sur la rive enneigée. Avril en est à ses premiers jours et on n'en finit plus d'espérer la chaleur. Qu'elle vienne enfin fondre cet hiver interminable où la solitude a été plus lourde que les années précédentes.

Perchés sur le haut des falaises bordant le fleuve, les petits villages de la Gaspésie se taisent six mois par année. Il y a bien les Chic-Chocs, montagnes majestueuses, qui invitent à des expéditions de ski, mais ce ne sont pas les gens d'ici qui les gravissent. D'autres surtout, venus d'ailleurs, principalement de France, s'y rendent et les serpentent. Pour les villageois, les soirées se passent devant la télévision ou à la salle paroissiale, où le bingo jouit d'une grande popularité.

Ce matin, le village de Cap-au-Renard paresse. Un chien hurle, prisonnier de sa chaîne. Depuis la construction de la grande route, il y a dix ans, sur un palier plus haut dans la montagne, la circulation qui traverse le village n'est plus que locale et la bourgade s'est refermée sur elle-même. Vingt-deux maisons, un comptoir postal, une scierie désaffectée, et une petite chapelle qui s'élève, tel un lys minuscule dans la grisaille de la vie. Une messe, une fois par année, y est célébrée. Propre, bien entretenue, la chapelle paraît veiller sur ce village endormi.

Une porte vient de claquer au vent. La maison grise aux bardeaux à moitié arrachés fait entendre son gémissement matinal. Bâtie en haut du Cap, elle protège la chapelle des grands vents de mer depuis presque cent ans.

Ses derniers habitants l'ont abandonnée, il y a sept ans. Des vitres ont été cassées et remplacées par des cartons. Une serviette rouge, déchirée, se tord sur la corde à linge noircie. Une banquette de voiture éventrée traîne sur le perron. Cette petite maison est le témoin sinistre d'un passé que personne, pourtant, ne peut oublier. Pour certains, sa mémoire demeurée intacte se réveille parfois, comme ce matin, dans le silence des oiseaux. Lorsque tout se suspend dans l'air, on dit que Mélodie apparaît à la fenêtre de la maison. Regarde au dehors, longuement, immobile, comme prisonnière depuis l'enfance du silence de sa demeure. Même la mort n'a pas été une libération. La jeune fille attend qu'un événement la délivre. C'est en tout cas ce que racontent les grandes langues du village pendant les nuits de tempête.

Le drame de Mélodie a commencé à tresser sa corde une nuit de grands vents. Sa mère, Murielle, venait de décrocher un emploi de serveuse au bar-salon d'un village voisin. C'était inespéré. Son père, Jocelyn, était au chômage depuis quelques mois. Il tournait en rond et perdait sa vie à boire. La petite Mélodie était entrée à l'école cette année-là. Il fallait lui donner son bain, la mettre au lit, lui conter une histoire. Jocelyn s'acquittait de ces tâches avec plaisir. Cela le désennuyait et Murielle pouvait aller travailler en paix dans son bar. Les pourboires étaient bons, l'atmosphère au party, elle s'y sentait revivre. À vingt-trois ans, elle retrouvait un peu de sa jeunesse écourtée par la naissance surprise de Mélodie.

Jocelyn était un gars de la région qu'elle avait côtoyé l'été, dans les soirées de grande virée sur la plage. Les jeunes se réunissaient autour d'un feu de grève, buvaient jusqu'aux petites heures du matin et finissaient emmêlés les uns aux autres. Mélodie avait été conçue par un de ces soirs de grandes chaleurs et de fortes liqueurs. Au mois d'août, quand Murielle annonça à ses parents qu'elle était enceinte et qu'elle s'en allait vivre avec Jocelyn, son père, d'un naturel très jaloux, tenta de la retenir de force. Une violente querelle éclata. La mère échoua dans sa tentative de les réconcilier et Murielle, frondeuse, claqua du talon et se poussa, se promettant d'être heureuse envers et contre tous. À présent que son père l'avait reniée, elle croyait être libérée à jamais de son emprise et de cet amour malsain qu'il lui vouait. Murielle était sa fille unique, son trophée d'homme, sa poupée.

Quant à Jocelyn, les premières années, il avait eu le cœur à l'ouvrage. Mécanicien habile, travaillant jusqu'à soixante-dix heures par semaine, il avait pu mettre de côté assez d'argent pour acheter la petite maison voisine de la chapelle. Le jeune couple avait sauté sur l'occasion de s'y faire un nid.

Le bonheur devait être de courte durée. En quelques années, le fleuve devint sombre, l'hiver trop long, et la bouteille fatale. Jocelyn perdit le goût de vivre et partit à la dérive dans le noir d'une première nuit. Murielle était allée travailler et la petite dormait dans sa chambre au grenier. Soudain, les yeux des poupées se sont fermés. D'un coup. Un grand souffle rauque et une haleine de bière se sont répandus dans la chambre endormie. À partir de ce moment-là, Mélodie ne chante plus. Une voix en elle se tait. Il ne faudra jamais révéler que la nuit, son papa adoré pleure et crie sur son petit corps assoupi. Alors, Mélodie ne bouge pas. Elle regarde par la fenêtre du grenier. Une étoile minuscule vient de s'allumer. Vénus ! À cause d'elle, la petite est certaine qu'elle n'en mourra pas. Elle attend que la tempête de Jocelyn se calme. Il se lève enfin, titube et disparaît. Elle remonte sa culotte de pyjama rose. Elle a eu froid. Les poupées ont rouvert leurs yeux. Tout mouillés.

Ces nuits de tourmente dureront huit ans.

Un soir de décembre, Murielle n'est pas rentrée. Elle est partie avec un groupe de musiciens de passage et n'est jamais revenue. Depuis des mois déjà, elle sortait danser tous les soirs. Comme emportée dans une fuite en avant. Elle abandonnait son travail, la maison, Jocelyn. Et voilà qu'elle laissa sa fille de quatorze ans aux souffles rauques de la nuit.

Deux ans plus tard, Mélodie se pendit. Jocelyn quitta les lieux. Désespéré. À jamais. Depuis, chaque matin, elle vient se poster à la fenêtre de la cuisine. Sa mort n'a aucunement été une rédemption. Elle attend qu'un événement l'exorcise du mauvais sort emprisonné dans son cou. Elle ne cesse de revenir hanter le présent et le passé. À la fenêtre ou sur la mer, elle voit tout et revit tout. C'est ce que dit la rumeur dans le vent de Cap-au-Renard. Une histoire d'amour qui a mal tourné, entre un père et sa fille.

La vieille Monarch 1956 de monsieur Roméo s'immobilise devant la chapelle. En ce dimanche matin, au lieu d'aller assister à la messe au village voisin, il décide de s'arrêter en chemin. Mélodie l'observe, intriguée. Monsieur Roméo s'ennuie. Il a la nostalgie des offices célébrés en la chapelle du temps de sa Paula bien-aimée, décédée plusieurs années auparavant. Il vient parfois se stationner devant pour se rappeler…

Mélodie a bien connu Paula qui, les matins de Pâques, offrait aux enfants de Cap-au-Renard des œufs qu'elle avait fabriqués, de toutes les couleurs, remplis de crème au chocolat. Sur chacun, elle écrivait de sa belle main une petite phrase à l'encre noire : « Sois sage à la maison » ou « Que le printemps chante » ou « L'arc-en-ciel est le dessin des anges ».

Mélodie aimait bien cette institutrice qui lui avait enseigné en première et deuxième années. À l'école, mademoiselle Paula passait pour une farfelue. Elle décorait sa classe avec tout ce que sa mer lui donnait. Cette mer qui l'avait vue grandir et qui lui avait donné sa peau tachée d'embruns. Elle essayait de retenir ses cheveux en bataille dans un chignon qui ressemblait à un nid d'hirondelle. Elle y piquait les broches à tricoter dont elle se servait parfois pour indiquer une phrase au tableau noir. L'hiver, elle portait les gros chandails qu'elle tricotait, y dessinant en laine de couleur des têtes de chevreuils panachés sur lesquelles se perchaient des cardinaux et des mésanges bleues. Mademoiselle Paula Turcotte avait rendu ses élèves heureux et son Roméo la pleurait encore après toutes ces années.

Roméo foule à grandes enjambées le parterre encore enneigé de la chapelle, lequel laisse entrevoir, par petites touffes, une pelouse jaunie qui ressemble à un vieux tapis. Le vent retrousse ses cheveux blancs et clairsemés. Le teint rougeaud, les yeux vifs et clairs, Roméo demeure un grand gaillard solide, portant ses soixante-douze ans avec la fierté du contremaître forestier qu'il a toujours été. Peur de rien : ni du froid, ni des tempêtes, ni des arbres centenaires qu'il abattait à la sciotte. Il en a vu des ours s'approcher, des chevreuils déguerpir. Dans sa démarche, on reconnaît les foulées de la grande forêt gaspésienne qu'il a parcourue pendant plus de cinquante ans. De sa fenêtre, Mélodie a tout vu.

Roméo s'avance vers le perron, sort une clé de la poche de son blouson à carreaux rouges et gris, disparaît dans la chapelle. Mélodie paraît interdite. Normalement, il n'y a que mademoiselle Duchesne qui vient ici, une fois par mois, pour le ménage, et encore. Les mois d'hiver, personne ne laisse de trace dans la neige qui vient déposer sa banquise sur le parvis. En Haute-Gaspésie, les vents sont puissants en tout temps de l'année et l'hiver isole les maisons inhabitées. Ce sanctuaire et sa maison abandonnée sont enlacés sous la neige plus de six mois par année. Les enfants du village ont surnommé la demeure : « la maison qui pleure ». Car les jours de pluie, l'eau glisse du toit sans gouttière et ruisselle sur les murs. À cela s'ajoute le gémissement de la tôle, mal attachée, sans cesse soulevée par le vent. On raconte alors que c'est Mélodie qui se plaint. Parfois, les enfants passent devant la porte et crient : le fantôme ! le fantôme ! Et ils se sauvent en courant.

La belle fantomatique les regarde faire sans pouvoir parler. Sa voix est restée prise dans la corde du grenier où on l'a retrouvée un jour, inerte, qui se balançait. Des mouches et autres bestioles avaient commencé à lui saigner les yeux. L'odeur du cadavre avait fini par alerter les voisins. C'était un Samedi saint. On croyait le père et sa fille partis à Maria visiter la famille de Jocelyn. Ce qu'on ignorait, c'est qu'en réalité le père était parti sur la brosse depuis cinq jours, laissant Mélodie, son enfant trop chérie, seule à la maison.

Que faire, à seize ans, quand on est sûre d'être souillée, perdue à jamais, damnée ? Quand on regarde le ciel et que toutes les étoiles sont éteintes ? Après tant de prières à genoux, pour faire revenir sa mère et quand l'interminable lamentation se perd dans le vent salin ? Que faire quand un père malheureux vient coucher sa peine sur le corps endormi de sa fille et qu'il reste sourd aux cris étouffés de la nuit ?

Quand on se retrouve enfin seule, apeurée et en train d'étouffer sous le poids du silence, on prend une corde et on l'accroche à la poutre de sa chambre. On monte sur le coffre de ses souvenirs et on se jette dans un avenir qui sera certainement meilleur. Et cela se produit. Tout se balance. Le corps, l'âme, la mémoire. Pour un instant on se sent débarrassée et si légère. On devient invisible. Mais on ne peut ainsi quitter sa détresse. L'âme reste prisonnière entre le ciel et la terre et l'on assiste muet et immobile à la suite de sa vie. C'est ce qu'on raconte ici.

Voilà Roméo qui sort de la chapelle.

Mélodie le suit comme un chat aux aguets. Il tient serré tout contre lui quelque chose, qu'il cache sous sa veste. Il remonte dans sa voiture et part comme il est venu. Doucement, dans son gros char allégorique. Comme dans les belles années, où l'on célébrait encore, dans un autre village de la côte, le 22 juillet, la fête de sainte Marie-Madeleine. Roméo prêtait sa voiture pour qu'on y dépose la plate-forme de la statue. Il n'était pas peu fier de rouler au volant de sa Monarch, transformée le temps de la procession en autel dédié à la sainte. Des gerbes de fleurs, lys tigrés et marguerites de toutes les couleurs, s'étalaient tout autour du buste de plâtre de celle qui avait accompagné la mère de Jésus au mont Golgotha et qui avait également découvert le caveau vide, le matin de la Résurrection. La prostituée choyée du Christ devait désormais faire partie de l'Histoire sainte, pour avoir été à la bonne place, au bon moment. Le village de Rivière-Madeleine s'enorgueillissait de sa sainte vénérée. Chaque année, à la belle saison, tous les villages voisins venaient participer à la célébration. L'occasion de renouer après les si longs hivers où l'on s'encabanait. Les femmes sortaient leurs toilettes de l'année précédente qu'elles rafraîchissaient en arborant un nouveau chapeau. Elles portaient fièrement sacoches et souliers blancs. Tout au long de l'hiver, les samedis matins, la chorale s'époumonait à répéter des chants liturgiques qui éclataient le jour de la Résurrection.

À cette époque, Mélodie faisait partie de la chorale des petits. Son père l'y accompagnait, même quand la poudrerie soufflait. La répétition, c'était sacré. Les enfants aimaient se retrouver dans l'odeur chaude et humide du sous-sol de l'église. Après les deux heures de chant, une collation leur était offerte, pendant que les papas s'en allaient prendre une bière à la taverne chez Régis. Les mères, elles, s'assoyaient en cercle et cacassaient comme des poules, tout en tricotant. Parfois, le ton baissait et certains regards se posaient comme un jugement sur Mélodie. Elle savait bien ce que l'on disait d'elle : sa mère courait à tous vents et son père n'était pas toujours solide sur ses jambes.

Pour l'enfant, ces regards étaient bien peu de chose en comparaison du plaisir qu'elle éprouvait à se retrouver parmi ses petites amies et à se gaver de beignes à la confiture. Chez elle, Murielle en faisait rarement. C'était plutôt son père qui, le dimanche, préparait parfois un gâteau renversé aux ananas. Cela dépendait s'il se levait de bonne humeur ou bougonneux. À l'odeur qui se dégageait de la cuisine, on pouvait savoir si on allait passer un dimanche heureux ou non. L'odeur sucrée des ananas annonçait à Mélodie une délicieuse journée, où elle ferait avec son père une longue marche sur la grève pour cueillir des coquillages et des cailloux.

Jocelyn portait alors un vieux parka vert, qui avait de drôles de graffitis peints au crayon feutre. Des noms de pays qu'il rêvait de visiter. Un manteau comme une carte géographique que sa fille ne se lassait pas de découvrir et de questionner. Quand arrivait l'heure du goûter, on étendait le manteau sur la grève et, entre deux bouchées de gâteau et une gorgée de cidre doux, Jocelyn traçait, à l'aide de cailloux polis par les marées, les pays qu'ensemble, ce jour-là, ils allaient visiter. Quand on a huit ans, douze ans, que sa mère s'est échouée dans une autre nuit blanche, courir avec son père au soleil d'été est un privilège. On oublie pour quelques heures les caresses de l'ombre.

Mais qu'est venu faire monsieur Roméo, ce matin, à la chapelle ? se demande Mélodie. Elle traverse la porte de la cuisine et s'avance, pieds nus dans les traces laissées dans la neige par Roméo. Elle pénètre dans la chapelle et retrouve l'enchantement qui lui est naturel. Rien n'a bougé depuis sept ans. La nef minuscule ressemble encore à un gâteau, avec son plafond beige crème, parsemé d'étoiles dorées. Sur l'autel, un cierge éteint. Pas de nappe sur le bois gris. Sur le mur, derrière, une croix noire, sculptée. De chaque côté, un ange de plâtre jaune et, tout en haut, dominant le chœur, l'œil de Dieu peint dans un triangle. Dans les deux urnes au bas des marches fleurissent éternellement des lilas de plastique. Des fenêtres en ogives diffusent la lumière matinale. Aucun vitrail. La chapelle ne fut jamais assez riche pour en posséder. Elle est cependant demeurée sobre et coquette. Aux yeux de Mélodie, sa parure la plus belle demeure le présentoir en forme de cœur, à droite de l'autel, pour les lampions. Ils sont tous éteints. Le nom de la Vierge Marie, sur un ruban plaqué or, court sur son image minuscule comme dans un reliquaire. Lors de sa première communion, Mélodie avait eu le droit d'embrasser la sainte image. Étirée, sur la pointe des pieds, dans les bras de Jocelyn qui l'aidait à rejoindre le reliquaire, elle avait, en embrassant la Vierge, failli mettre le feu à son voile. Une odeur de brûlé les avait avertis du danger. Au lendemain de l'incident, son institutrice Paula avait brodé une fleur à la place du trou fait dans le tissu. Mélodie en avait été très fière. Elle possédait quelque chose qu'aucune autre n'avait : une fleur de Paula.

Mélodie s'avance et aperçoit un homme assis, de dos, la tête levée vers l'œil du Père céleste. Elle s'approche. Le corps de l'homme est lumineux comme le sien. Un autre pas encore et elle le reconnaît.

— Michel ! Depuis quand es-tu ici ?

— Depuis que je suis parti. Tu vois, je t'attendais.

Michel la regarde. Avec ses yeux trop bleus, telles des lames d'acier trempé. Il tend vers elle sa main maigre, qui dessinait si bien. Michel, fils abandonné, descendu des terres intérieures, s'était installé dans la scierie désaffectée moyennant un maigre loyer à la municipalité. Artiste peintre, il exécutait de grandes fresques représentant des soleils noirs, des oiseaux multicolores, des ravins mauves. Jamais de personnages sur ses toiles. On aurait dit qu'il visitait la terre de l'intérieur pour y faire jaillir un astre noir ou des oiseaux embrasés. Différentes variations sur un même thème, toujours le même. Souffrance d'une âme solitaire. Mélodie allait le visiter parfois. En cachette. Toujours. Michel avait mauvaise réputation. On le disait asocial et on inventait toutes sortes d'histoires sur son compte.

Elle prend la main qu'il lui tend. Toute tachée de mauve, d'indigo. Il n'a pas changé, ni vieilli. Toujours son grand corps maigre d'adolescent. Sa chevelure de corbeau, noire, lustrée et soyeuse, son nez d'oiseau, son sourire narquois, et ses lèvres pulpeuses que Mélodie a toujours eu envie de mordre. C'est à partir de l'âge de douze ans qu'elle avait commencé à rôder autour du moulin à scie. Secrètement, elle désirait que se pose sur elle le corps de Michel, au lieu de l'autre… Elle venait, tel un chat, l'épier par la fenêtre du nord. Elle l'avait surpris nu, une fois, avait aimé son corps élancé, maigre et blanc, qui dansait devant une toile. À un moment, il s'était approché du tableau et s'y était collé. Quand il s'était retiré, des taches rouges et mauves marbraient sa peau. On aurait dit Satan. Il avait fixé la fenêtre, essayant de voir au-delà de la nuit. Mélodie avait eu peur et s'était enfuie.

De retour chez elle, elle n'avait pas réussi à trouver le sommeil et sa main nerveuse, d'abord hésitante, avait découvert le plaisir solitaire, pour la première fois. Elle en était restée haletante et désemparée. Le corps de Michel continuerait de danser dans sa tête, frôlant un sexe qui, depuis déjà longtemps, n'appartenait plus à l'enfance.

Soudain, un miaulement se fait entendre.

— Viens voir.

Michel l'entraîne vers le confessionnal, à gauche de la nef. Derrière le rideau, couchés sur une couverture de laine, trois chatons marbrés roux, noir et blanc, tètent avec vigueur une grosse chatte endormie.

— Elle a mis bas il y a trois semaines. Elle en a eu cinq et monsieur Roméo est encore venu en chercher un tout à l'heure.

Voilà donc ce que Roméo cachait sous sa veste. Il y avait de la vie dans cette chapelle que l'on croyait abandonnée. Après la mort, il y a toujours une présence. Impalpable, invisible et pourtant bien réelle. Cette chatte nomade avait échoué ici. Comme eux. Tous les trois étaient des âmes itinérantes qui cherchaient un abri.

Dans la mort, Mélodie avait trouvé un refuge. Invisible, elle s'était d'abord crue sauvée, mais son tourment était demeuré le même. Une grande solitude l'avait envahie. Michel avait lui aussi trouvé l'abri du silence. C'est Mélodie qui l'avait découvert dans son atelier du moulin, gisant dans son sang, une carabine à son flanc, la tête éclatée. Il ressemblait à ses toiles : éclaboussé de rouge et de noir, les pensées de son être fragile offertes aux enquêteurs, aux curieux. Son corps avait été dépêché d'urgence à la morgue de Sainte-Anne-des-Monts. Personne ne l'avait réclamé. Il était mort comme il avait vécu.

Dans la vraie vie, Michel et Mélodie s'étaient aimés comme des naufragés. L'écume du désir s'était fracassée sur leurs sexes gonflés. Leurs têtes avaient chaviré dans la mer de leur unique été. À perte de vue. À perte de souffle. Ils avaient dérivé dans leurs plaisirs, s'étaient saoulés de baisers salés. Sans cesse, ils avaient eu besoin de boire l'un à l'autre. Et ensemble, ils avaient conclu « le Pacte de la Mort ». Mélodie avait retrouvé la missive soigneusement pliée dans la chemise en sang de Michel. Y était inscrite la promesse que celui qui mourrait après l'autre viendrait le rejoindre à la chapelle. Là, dans ce sanctuaire où rien ne pourrait plus les atteindre. Dans la transparence de l'air, il lui apprendrait à dessiner et dans l'écho de la mer, elle lui apprendrait à chanter. Ils guériraient peut-être ainsi leurs âmes tourmentées pour bientôt devenir capables de s'envoler. Pour de bon. Pour toujours et ne plus avoir à recommencer.

Les retrouvailles de ce matin sont pour les deux pèlerins une célébration de l'Éternité. La naissance des chatons a permis en quelque sorte à la chapelle de reprendre vie et aux amants de se retrouver.

Mélodie a bientôt envie d'aller voir le fleuve de plus près, de marcher sur la grève. Elle n'est pas sortie depuis si longtemps. Quelque chose l'en empêchait. Une force mystérieuse la retenait. Paralysée, incapable de franchir la porte de la maison, comme attachée au chagrin. Aujourd'hui, elle a surmonté l'impossible, affronté l'inconnu et risqué la sortie. Elle est appelée par une envie de courir sur les cailloux, d'étirer son corps, de saluer l'horizon.

Elle entraîne Michel à sa suite. Ils traversent la porte de la chapelle sans aucun grincement et, pieds nus, dévalent la pente de la falaise où se faufile, entre les rochers escarpés, un sentier de terre battue encore recouvert de neige. Ils empruntent la route favorite des enfants de Cap-au-Renard pour descendre vers la grève. Mais à leur arrivée sur la plage, un bruit déchirant les arrête. Ils lèvent la tête vers la maison. De cette sentinelle dominant la mer, le vent arrache, de secousse en secousse, un hurlement. Mélodie la défie du regard, sachant trop bien que, par ses rugissements, la maison lui ordonne de revenir. Elle serre la main de Michel… mais il a disparu. Elle se retrouve seule face à la mer rugissante, glacée. Ouvre les bras. Respire profondément. Essaie de toucher la terre, le ciel et l'horizon tout à la fois. Une prière monte en elle.

« Que je sois libre enfin ! Permettez à mon âme de vivre en paix ! Retirez ce mauvais sort de mon cou. Mon Dieu, apaisez ma vie dans la mort. »

Le vent se calme, la plainte qui vient de la falaise se tait. Le ciel se dégage comme par enchantement. Dieu lui-même, de sa main bienveillante pousse la voile grise des brumes, pour laisser le soleil matinal réapparaître dans le paysage. Des rires fusent au détour d'un rocher. Trois jeunes enfants, chaussés de longues bottes rouges, jaunes et vertes courent sur la grève en parlant tous à la fois. Ils passent tout près de Mélodie sans la voir, évidemment, mais en laissant sur ses lèvres le souvenir de leur jeunesse… Mélodie n'a pas souri depuis sept ans. Elle reconnaît les voisins de sa petite enfance,

Joconde, Julie et d'Artagnan, qui viennent de surgir de sa mémoire.

Elle fait demi-tour et, comme en volant, remonte vers la maison. Quelque chose chante en elle. Une petite berceuse lointaine, qui parle d'une poulette grise qui pondait dans l'église et qui fera un beau coco pour Mélodie qui dormira bientôt. La petite berceuse qu'elle essayait de chanter chaque soir pour s'endormir. Pour faire reculer l'heure où la porte de sa chambre s'ouvrirait et où la tempête de Jocelyn viendrait s'échouer sur son corps blanc de bébé marsouin. Elle retourne vers la maison et son passé ressurgit, dans une complainte qui berce son cœur endolori. Son père l'a meurtrie, trahie, mais comme elle l'a aimé. Il souffrait trop. Elle ne savait pas comment rescaper le naufragé. Elle accueillait ses mains sur elle comme pour l'empêcher de se tuer. Mais savait-il que, chaque nuit, il faisait mourir ses poupées ?

Avant de pénétrer dans la maison, elle s'attarde. L'unique rue de Cap-au-Renard s'anime plus lentement que d'habitude puisque c'est dimanche matin. Voilà pourquoi tout à l'heure ont surgi dans sa mémoire Joconde, Julie et d'Artagnan courant sur la grève, échappés de l'école qui semble, comme l'hiver, n'en plus finir. Ici les enfants courent toujours vers la mer qui, elle, n'en finit plus de révéler ses trésors. Vivre en haut du Cap a permis à Mélodie de voir une lumière dans la nuit de sa vie. En elle s'est dessiné un horizon, une barre au bout de la mer et du ciel, et c'est sur elle qu'un jour elle devrait partir en dansant pieds nus vers la félicité. Mais il lui fallait mourir à toutes choses, à tous. À Murielle partie au loin, à Jocelyn noyé dans sa bouteille, à Michel qui s'isolait de plus en plus.

Mélodie avait eu comme amie, Julie, la fille adoptive de Paula et Roméo. Ensemble, elles avaient fréquenté la maternelle et l'école primaire. À la mort de Mélodie, Julie se révolta. Dévastée, se sentant abandonnée, elle n'avait pas compris et en voulait depuis à Murielle, la tenant responsable de la tragédie. Elle se sentait coupable aussi de n'avoir rien pu empêcher. Mélodie, quant à elle, s'était retirée en emportant son secret. Intact.

Ce matin, elle voit Julie, non loin de chez elle sur la galerie de sa maison, qui secoue un tapis, s'arrête, suspend son geste, le regard perdu… Sa vie est semblable à ce regard qui s'étend sur l'immensité de la mer. Julie a maintenant vingt-trois ans. Elle aurait aimé devenir archéologue. Elle a choisi de rester au village et de prendre soin de son père Roméo. Et puis, le compagnon de jeu de son enfance, d'Artagnan, est revenu dans sa vie et lui a fait il y a quelques mois, pour la deuxième fois, un beau petit ventre rond. Chaque jour, Mélodie parle à son amie. C'est peut-être pour cela que Julie, chaque matin, vient secouer son tapis et suspend son regard. Elle doit entendre la voix de Mélodie.

Tiens ! Au loin s'avance le marcheur de la grève et son chien. Ces voisins-là, Mélodie les aime bien. Beau temps, mauvais temps, depuis longtemps, chaque matin les amène sur la route, lui le dos un peu courbé et l'autre fidèle qui court et revient en dansant autour de son maître. Fiasco a toujours aimé les promenades. Il frétille en cette heure privilégiée où il parcourt le tracé millénaire du chemin de la grève, celui qui va jusqu'à l'Anse-aux-Marsouins pour remonter à Cap-au-Renard. À courir ainsi, le chien semble chercher ce renard légendaire que l'on dit apercevoir le soir à la brunante. Il aurait une toison fauve, des yeux de feu.

Mélodie a bien cru le voir un jour, alors qu'elle revenait de l'école, main dans la main avec Julie. L'autobus scolaire les avait laissées à la jonction de la grande route et du chemin de la chapelle. Elles revenaient toujours ainsi par les beaux jours de printemps, cueillant les premières fleurs. Mélodie s'était écriée :

— Julie ! Il est là !

— Quoi ? Quoi ?

— Le diable roux !

Mais comme les fantômes, les bêtes de légendes se faufilent toujours entre les mots, entre les branches… et le renard avait disparu.

Le chien a pourtant reniflé quelque chose qu'il prend dans sa gueule et rapporte à son maître qui lui caresse la tête. Toute la tendresse du monde est présente dans cette main.

— Mon pauvre Fiasco, c'est un vieil os qui ne vaut plus rien !

Il lance l'os loin sur le chemin et le chien le ramène, heureux de jouer, content des câlins. Soudain, ses oreilles se dressent. A-t-il senti la présence de Mélodie qui avance vers eux? Arrivée à leur hauteur, elle passe sa main diaphane dans le poil blond, le chien frissonne et passe son chemin. Le marcheur le siffle et l'autre accourt en branlant de la queue. Ils s'éloignent.

Mélodie entre dans la maison. Le rideau effiloché bouge à peine, se referme. Elle s'assoit dans les marches de l'escalier qui monte à l'étage, met sa tête entre ses mains. Elle pleure de joie! Elle est sortie aujourd'hui. Elle qui n'a, depuis sept ans, observé la vie que derrière la fenêtre. Toute son existence est demeurée emprisonnée dans le mystère de cette maison. Elle relève la tête et regarde cette cuisine dépouillée de tout, ces armoires entrouvertes. Sur l'une d'elle, un miroir fêlé. Mélodie se lève, avance son visage vers la glace. Elle n'y voit rien. Plus rien ne lui renvoie son image. Ni le marcheur de la grève, ni son chien, ni Julie. Que Michel.

— Michel?

Elle court vers la porte. Cette fois-ci, elle n'arrive plus à la traverser. Les murs gémissent et la supplient de rester. Elle se rassoit. Docile. Elle demeure longtemps à se bercer sur elle-même, se rappelant comment était la maison du temps de Murielle et Jocelyn.

Les murs de la cuisine avaient été repeints durant l'été. Septembre était venu et Mélodie venait de commencer l'école. Sur le comptoir près de l'évier, des boîtes de tôle contenaient des galettes. C'était l'époque où Murielle avait encore un peu de temps pour elle. Au retour, à quinze heures, il y avait toujours un grand verre de lait et trois biscuits disposés en forme de cœur sur la nappe cirée de la table de cuisine. Après la collation, Mélodie montait à sa chambre au grenier pour enfiler un pantalon de coton, un chemisier et allait jouer avec Julie, jusqu'à l'heure du souper. Deux heures d'escapade sur la grève, où elles s'inventaient des promesses de revenir sur le rocher-baleine afin de s'y fiancer un jour. C'était un rocher énorme situé à une demi-heure de marche au rythme de leurs petites jambes d'enfant. On aurait dit une baleine échouée sur la plage. Une pierre grise, mouchetée de rouille et de vert-de-gris. Des nids d'algues minuscules lui faisaient une peau rugueuse et sauvage. On l'escaladait sans peine en posant les pieds sur des cavités qu'on aurait dit disposées pour en faire un escalier. Sur le dos de ce mammifère minéral, on se sentait capitaine. On y faisait des projets de voyages. Après quelques conquêtes, on rentrait souper.

À dix-huit heures, Murielle finissait de manger en vitesse, laissant à Jocelyn et à Mélodie le soin de ramasser et de faire la vaisselle. Elle glissait dans son sac un rouge à lèvres, des cigarettes et s'en allait travailler au bar-salon. Mélodie la regardait, fascinée. Comme sa mère était belle ! Elle portait toujours une jupe courte, noire, étroite et fendue sur le côté. Ses jambes longues et superbes lui donnaient une démarche à la fois nonchalante et fière. Elle portait un chemisier en soie, différent chaque soir. Le mardi, c'était celui au motif de panthère ; le mercredi, celui arborant un dessin de serpent ; celui du jeudi ouvrait ses fleurs sur des seins invitants ;

le vendredi, c'était la dentelle noire et le samedi, dernier soir de travail pour elle, un bustier de cuir découvrait ses épaules soyeuses, arrondies, et elle agrémentait le tout d'un collier de cuir auquel était suspendue une plume fauve. Elle y ajoutait encore des boucles d'oreilles assorties. Comme si elle ne devait jamais revenir, les samedis soirs, Murielle coiffait ses cheveux en vagues sombres qui déferlaient sur ses épaules saupoudrées de paillettes saphir que Mélodie avait le privilège d'étaler elle-même. Le rituel se terminait avec la main de Murielle qui lui en mettait un peu sur les joues, l'embrassait, lui faisant promettre de ne pas se coucher trop tard, d'être sage et gentille, de laisser Jocelyn écouter sa télévision, tranquille.

La semaine pouvait se vivre assez bien. C'est à coup de samedis soirs qu'au fil des années, l'absence s'était creusée. De samedi en samedi, semaine après semaine, Murielle rentrait de plus en plus tard. La poudre blanche, ligne après ligne, l'enfermait dans sa prison. Certains lendemains, Murielle dormait jusqu'à l'heure du souper. Sa journée de congé, elle la passait à cuver sa nuit. Voilà comment elle avait perdu pied. Elle en était venue à ne vivre que pour se retrouver au bar-salon, au rythme enivrant de la musique, les ongles de ses mains bientôt rongés, et les yeux de plus en plus creux. En quelques années, la belle Murielle avait beaucoup changé, maigri. Sa voix brûlée par le whisky commandait les bières et empochait les pourboires qui se volatilisaient en poudre maléfique. La nuit était devenue sa vie.

De plus en plus, les soirées commençaient ainsi :

— Christ ! J'peux plus vivre icitte !

Et la porte claquait. Jocelyn fracassait sa bouteille sur le frigidaire et Mélodie, dans sa chambre, entendait la voiture démarrer. Puis, le silence. Puis, des pas dans l'escalier. Les yeux des poupées se fermaient. Ses petites mains s'agrippaient au pyjama. La tête lui tournait... La maison devenait humide, une odeur âcre se répandait, il faisait trop chaud, Mélodie étouffait, avait peur. Elle essayait de prier alors qu'elle n'avait qu'une envie : cracher.

— Viens donc ici, mon beau serpent.

Une main vulgaire et poilue remonte sur la cuisse, soulevant la jupe fendue.

— Lâche-moi donc, vieux vicieux !

En enlevant d'une claque la main qui frôle son bas, telle une araignée velue, Murielle a failli renverser le plateau qui porte deux bocks de bière, deux téquilas, deux gin tonics et deux vodkas. La soirée s'annonce chaude. Le bar hurle déjà. La musique s'enfonce dans les murs tapissés de cœurs rouges. Chaque année, à la Saint-Valentin, on a droit à « deux verres pour le prix d'un », toute la veillée, c'est la grande virée.

— Tenez, les p'tits cœurs ! Mais gardez vos mains. C'est pas encore l'heure pour vos jeux de vilains !

Les rires gras fusent, les femmes sont réchauffées, mais encore rebelles.

— T'as raison, Murielle ! On va les faire damner jusqu'au p'tit matin ! lance Nicole, parfumée au cognac.

Murielle lui lance un clin d'œil et s'éloigne, tel un serpent de mer, ondulante dans sa blouse au reptile rouge et noir. Elle a les cheveux remontés, couronnés d'un ruban de velours sur lequel sont cousus des cœurs en strass. À son cou aérien se suspend une chaîne où balance un cœur d'onyx noir. Avec sa peau cuivrée qui brille dans la pénombre, Murielle est un écrin. Ses yeux sombres luisent comme des miroirs. La belle serveuse connaît chacun par son prénom. Ceux qui boivent chaque nuit peuvent faire naufrage ici. Murielle est leur sirène. Elle les ensorcelle et les fait tanguer vers elle. Beaucoup d'entre eux ne voient plus la mer, ils la boivent au fond des verres. Depuis longtemps, ils ont perdu l'ancre et pris le large. Le cœur prisonnier d'une bouteille jetée à la mer. Comme elle les aime, ces gens de la nuit mauve. Ils lui ressemblent, jouant leur vie dans les machines à sous, espérant gagner la liberté. Mais ils terminent la nuit en caressant des tables de billard, en léchant de vieux miroirs.

Ce soir encore, Jocelyn, éméché, s'est pointé en taxi pour venir la chercher. Elle se met en colère parce qu'il a laissé Mélodie seule à la maison. Elle ne veut pas rentrer. En plus, ici, c'est son territoire. Elle n'aime pas qu'il vienne l'espionner ! Finalement, elle se décide à le suivre et prend le volant alors que Jocelyn ronfle déjà sur la banquette, épuisé.

Arrivé à la maison, il s'endort tout habillé. Elle ne fait pas de bruit, retire ses bas, sa jupe, son chemisier. Devant la glace, elle se trouve encore belle, mais la vie est trop cruelle. Dans le silence de la maison, elle monte au grenier. Sa Mélodie s'est endormie sur le plancher, serrant une poupée sur sa poitrine. Elle redescend à la cuisine. L'adrénaline de la soirée la tient encore éveillée. Elle ouvre le frigo. Sur la tablette du haut, un gâteau en forme de cœur a été déposé. Sur un bâton de popsicle un billet rose a été collé : « À maman que j'aime. Mélodie ». Murielle sourit. S'assoit dans le faisceau du néon de l'évier et goûte à petites bouchées à l'amour de sa vie. A-t-elle mérité d'être aimée ainsi ? Elle se sent si souvent une mauvaise mère. Impatiente. Torturée. Mal à l'aise devant cette petite fille secrète, son enfant dont elle ne comprend pas le langage et les cris.

Elle se rappelle… Quand Mélodie pleurait la nuit, elle n'arrivait jamais à la calmer. Elle avait beau la bercer, l'enfant demeurait prisonnière d'un cauchemar. Revenait à Jocelyn le soin de la promener, de long en large dans la cuisine et finalement, de l'apaiser. Avec le temps, Murielle avait cru qu'elle n'était pas douée pour la maternité et avait laissé son mari s'en occuper. C'est comme ça que Mélodie avait appris à marcher avec son père, que le premier mot prononcé fut « papa ». Tous les cadeaux qu'un enfant réserve la plupart du temps à sa mère, c'est pour Jocelyn que Mélodie les avait gardés. Le jour, son père travaillait et on aurait dit que l'enfant attendait son retour. Il était celui qu'elle avait choisi. Il serait celui qu'elle aimerait trop et qui la dévorerait.

Mais on ne sait pas tout cela quand on est petit. Le cœur répond sans doute à l'appel de l'absence. C'est peut-être parce que son père n'était pas à la maison que, du matin au soir, elle l'attendait à la fenêtre de la cuisine. Comme elle le fait d'ailleurs encore tous les matins, depuis qu'elle est morte. Encore aujourd'hui, elle se poste à la vitre fêlée. Elle espère toujours le voir apparaître. Pourtant c'est elle qui l'a quitté, il y a maintenant sept ans. Depuis, elle n'a cessé de l'attendre. Seule à présent dans une maison abandonnée, infestée de vermine et dont le bardeau grisonne.

Elle espère.

Son bourreau, son amour, son péché, sa tourmente.

Tant que l'on n'a pas fini d'apprendre de ses erreurs, de ses souffrances, on recommence. Elle se sent comme une femme battue qui, bien malgré elle, demeure à la merci de celui qui l'opprime. Pourquoi ? Son père n'a jamais levé la main sur elle. Il a fait pire. Il a déversé sa détresse en elle. Il a fait naufrage en s'accrochant à une enfant qui flottait comme un bouchon et qui n'avait que ses poupées pour la défendre. Pourquoi des adultes estropiés imposent-ils aux enfants leurs tourments, leurs vertiges ? Les enfants ont des peaux de pêche, ils sont les fruits de l'amour et de la vie ; comment peut-on déchirer leurs rêves ?

Un renard vient de se faufiler entre les maigres cèdres qui longent le chemin. On dirait qu'il a été blessé. Il boite. Sa peau colle à ses os. Quelques secondes et il a disparu. Mélodie quitte la fenêtre.

Elle remonte au grenier. L'escalier est chambranlant. Aujourd'hui, peu importe que tout soit remous, que tout tangue. Mélodie glisse, délivrée de la matière, l'âme retenue au fil de la continuité. Sous l'escalier en bois de merisier, où elle pouvait autrefois passer des heures à s'inventer des jeux de navire avec autant de ponts qu'il y avait de marches, elle peut entrevoir une cale de vaisseau éventré. De ses profondeurs s'échappe une odeur de moisissure emmêlée aux émanations rances de tout ce qui pourrit dans le ventre obscur de cette maison. Ont été jetés pêle-mêle de vieux rideaux qui ressemblent à des chairs flétries, des fauteuils éventrés qu'on avait pourtant jadis pris soin de rembourrer. Il y a aussi un trou plus obscur encore qu'on a essayé de camoufler. Personne n'a jamais voulu en reparler. Pourtant, la rumeur a circulé pendant des années. On racontait qu'un enfant était mort et qu'il aurait été enterré dans la cave. On disait depuis longtemps que la maison de la falaise était hantée.

Mélodie avait toujours été fascinée par cette histoire, attirée par cette présence morbide dans les entrailles de son refuge. Dans son imaginaire, cet enfant enseveli la prenait par la main et lui parlait chaque fois qu'elle allait chercher quelque denrée mise au frais sur une tablette de la cave. Un jour que son minou était mort, Mélodie fit une scène à Murielle qui refusait qu'on l'enterre là.

— Si on y a déjà enterré un bébé, on peut bien y enterrer mon minou !

La gifle avait claqué d'un coup sec et sonore sur la joue pâle de la petite. Il lui était désormais interdit de rapporter de pareilles sottises, le chat serait mis en terre derrière la maison et on n'aurait plus de chat si c'était pour inventer des histoires sordides !

La cérémonie de l'enterrement de Minou fut triste et sobre. Julie avait apporté une boîte à biscuits en tôle, qu'elle conservait depuis des années. Sur le couvercle, deux petits chatons jouaient avec une balle de laine. Elles couchèrent le chat en boule en le couvrant d'un mouchoir brodé. En procession, à travers le jardin, elles se rendirent jusqu'au vieux chêne et creusèrent un trou à l'aide de deux grosses cuillères pour y déposer l'ami félin que Julie avait offert à Mélodie, pour ses dix ans.

Combien de fois l'avait-elle pris sur son ventre où il aimait tant se pelotonner. Elle le caressait durant des heures, lui chuchotant ce qu'elle n'osait dire à personne, pas même à Julie, par exemple que, la nuit, son corps devenait gris. Comme son papa. Dans le ronron du chat, elle se sentait comprise, sa vie en était adoucie. Et Minou ressentait sa peine ; s'il la voyait pleurer, il venait se blottir contre elle et frottait son museau contre son nez, comme une caresse, pour lui dire qu'il comprenait son chagrin et qu'il l'accompagnait dans la nuit de sa vie.

Après l'enterrement de Minou, Mélodie commença imperceptiblement sa descente aux enfers. À travers la mort de l'animal, elle pressentait la sienne. L'espoir et le réconfort qu'elle avait trouvés chez Minou, tout cela s'était évanoui. À présent, le ronron de sa propre vie s'était tu. Elle continuerait de se lever le matin, d'aller à l'école, de revenir à quinze heures, main dans la main avec Julie, mais l'entrain n'y serait plus. Pourtant, la vie lui donnerait un autre compagnon pour traverser sa nuit.

Cap-au-Renard, 9 mai 1972

Aujourd'hui m'est venue l'idée d'écrire un journal. Je ne sais pas au juste ce que j'en ferai, mais au fond de moi, je sens que j'ai besoin de quelqu'un à qui me confier. Bien sûr, il y a mon amie Julie à qui je livre mes rêves et quelques-unes de mes peines. Mais pour faire sortir tout ce que j'ai sur le cœur, j'ai besoin de toi, mon journal.

Je vais donc me présenter : je m'appelle Mélodie et j'ai douze ans aujourd'hui. Comme c'est ma fête, maman m'a fait cadeau de ce cahier. Elle pense que je suis trop secrète, que je ne parle pas assez. Elle me compare sans cesse à ma tante Odile, partie vivre dans une commune en Israël qu'on appelle « kibboutz ». Tiens, je te colle une carte postale qu'elle m'a envoyée l'année dernière. Je me demande si le ciel de ce pays a toujours ce turquoise qu'on ne voit pas ici. Elle m'écrit qu'il y a des déserts que l'on transforme en jardins.

Je ne suis pas très jolie. Trop maigre. Comme Odile. C'est maman qui le dit. J'ai de grandes oreilles. C'est pour ça que j'entends tout, la nuit, comme mon chat, mort il y a quelques semaines. Je pense que c'est pour ça que ma mère m'a offert ce cahier, pour se faire pardonner son refus d'un autre minou. J'ai encore beaucoup de peine. On aurait dit qu'il comprenait tout, tout, tout… lui.

Je ne te connais pas assez pour te raconter tous mes rêves, mais je viendrai souvent caresser de ma main tes pages qui seront pour moi comme les lumières de l'Orient, au pays lointain d'Odile et qui pourront m'aider à tra-

verser le désert d'ici. Tu excuseras le vieux lacet que je vais mettre autour de toi. Il nous protégera des regards indiscrets. Nous garderons ainsi nos secrets…

Ça me fait drôle de t'écrire. Je trace des mots que je n'ai jamais dits, que je découvre pour la première fois. Comme si c'était une autre que moi qui les écrivait. Sans doute que les mots nous précèdent ou vont plus loin que nous. Comme une prière, un chant, une mélodie.

Je suis contente que tu sois là.

Les mois qui suivirent, Mélodie écrivit quotidiennement, retraçant méticuleusement les sillons de son existence, d'une écriture d'écolière appliquée. Cela lui faisait du bien, calmait le tumulte. Parfois, elle demeurait de nombreuses heures à contempler la mer et à écrire dans sa tête. De retour dans son grenier, elle retrouvait les méandres de sa pensée sur le cahier. Murielle se réjouissait de la savoir là-haut, penchée sur les pages, comme autant de plages à découvrir, à visiter. Quand elle la surprenait ainsi, sa fille ne se rendait même pas compte de sa présence dans l'entrebâillement de la porte, tant elle était absorbée par son écriture. Murielle repartait en douceur, moins coupable de n'être trop souvent qu'une absence. Elle était comme toutes les mères qui se sentent ainsi quand elles doivent s'en aller travailler et, comme Murielle y prenait du plaisir, cela ne faisait qu'augmenter son sentiment de n'être pas la maman rêvée.

Quelle enfant différente d'elle ! Solitaire, renfermée. À son âge, Murielle avait déjà le nez en l'air et la crinière sauvage. Gourmande de vivre sa vie, comme elle le disait. Une belle fille que le voisinage regardait de travers, chuchotant qu'elle ferait damner ses parents. Elle ne fera pas mentir le patelin. Toute la vie de Murielle sera une course effrénée vers les plaisirs de toutes sortes avec un arrêt final qui ne surprendra personne… Son histoire s'écrivait à mesure qu'elle fonçait, comme s'il lui fallait survivre à quelque chose d'inconnu qu'elle n'arrivait pas à nommer et qui la tenaillait. Elle faisait partie de ces êtres qui, appelés par le large, s'en vont sans regarder derrière. Happés par le vertige de vivre, emportés par l'aventure, grisés par la passion.

Ma mère est trop belle pour lui. Quand elle part pour aller travailler le soir, j'ai toujours l'impression que je ne la verrai pas revenir. Elle se met des parfums si brûlants qu'elle pourrait prendre feu. Je l'aime, mais je la perdrai.

Mélodie parlait souvent de Murielle dans son cahier. Une manière d'être près de celle qui lui échappait chaque soir pour se perdre dans la fête et l'alcool, au loin. Ce soir-là encore. La maison redevenait muette à mesure que la nuit l'envahissait. Jocelyn venait de s'endormir devant la télévision. Mélodie s'était étendue sur son lit, la main sur son ventre. Le désir était monté en elle. Dans sa tête, elle voyait le corps de Michel qui dansait. La nuit chaude du mois d'août, étoilée, dégageait des parfums sucrés de rosiers sauvages. Elle n'avait pas réfléchi. Elle s'était échappée. Appelée par ce rendez-vous d'amour. Comme une somnambule, elle courait donc vers le moulin, vers cet homme qu'elle espionnait depuis son arrivée à Cap-au-Renard, il y avait maintenant deux ans. Elle avait bien remarqué, lorsqu'il la croisait au dépanneur, qu'il la dévisageait. À présent, elle avançait sous la lune noire. La mer venait fracasser sa voix sur les grands galets de la grève. Cette nuit-là, un chant d'amour monta en elle, du bout des pieds jusqu'au bout des doigts.

Elle s'arrêta, tout en sueur, devant la fenêtre du nord. Une lumière orangée se répandait dans la pénombre de la grande pièce vitrée, qui servait d'atelier. Michel, devant une immense toile, dansait, nu. Tableau vivant dans toute sa splendeur d'homme, le sexe projeté vers la lumière, les bras forts, tendus vers la peinture qui était devenue sa vie. Il peignait une forêt sombre de sang, il dansait sa mort prochaine. Mélodie fit un faux pas, une branche craqua ; elle essaya de fuir comme chaque fois, mais demeura paralysée, fascinée devant cet homme offert, solitude éclatée de couleurs sombres et violentes sur une toile où le corps glissait, se frôlait tel un animal qui se roule dans la charogne d'un autre animal, irrésistiblement attiré par l'odeur fétide de la mort. Michel se retourna brusquement, scrutant la nuit de la fenêtre. S'élança au dehors.

Collée à un buisson, tremblante, elle n'avait pas bougé. Il se pencha sans rien dire et la transporta dans l'atelier. Toujours couvert de sa peau marbrée, agenouillé près d'elle, il la scrutait, essayant de deviner ce qu'une enfant comme elle venait faire chez lui, dans sa vie.

— Aime-moi, murmura-t-elle.

Sa voix, à peine audible, lui parvenait comme le chant d'une grive solitaire. Il l'observa longuement, détaillant la bouche au tracé voluptueux, les yeux allongés aux cils frémissants, le cou d'oiseau, les oreilles longues et pointues, une peau hâlée par le vent et des cheveux d'algues qui exhalaient l'odeur de la mer. Sa chemisette blanche aux motifs de pommettes s'ouvrait sur des seins minuscules.

— Aime-moi, reprit-elle, soulevant son corps vers lui. En offrande. Les mains de Michel, qui jusqu'alors n'avaient tracé sur les toiles que le désarroi et la détresse de son être, trouvèrent sur le corps frais de cette adolescente, un pont vers la lumière. Un arc-en-ciel. Un moment d'éternité. Ses caresses tiraient des lignes de vie rouges et l'empreinte de ses doigts laissait des envolées de plumes roses sur les bras et les cuisses de Mélodie. La poitrine de l'adolescente se soulevait comme la mer au ressac et sa voix laissait échapper des cris de mouette qui firent tressaillir Michel. Ses yeux d'oiseau nocturne la dévoraient, mais il n'était plus rapace. Il offrait son nid à cette grive esseulée.

Jocelyn avait depuis longtemps allumé le désir dans ce corps d'enfant, mais le plaisir demeurait muet. Sous les mains de Michel, le désir défendu sortait de sa cachette et avait des ailes. Pour la première fois, Mélodie découvrait l'amour, le regard d'un homme plongé dans le sien en même temps que ce sexe qui pénétrait le sien. Elle découvrait que l'on n'aime vraiment que les yeux ouverts. Quand le désir de l'autre se fond en nous et que l'on se reconnaît dans l'autre. Elle touchait à la véritable intimité, si forte et si troublante. Elle n'avait que quatorze ans, mais tant d'appels étaient demeurés sans réponse qu'elle savait deviner dans un geste l'espoir, le ballet, le baume.

Son corps s'enroula sur celui du peintre. Il la souleva, telle une tige accrochée à sa taille. Lui, dansant, elle, ployée sur son torse, sculpture vivante. Elle et lui, entrelacés et soudés. Le ballet s'acheva au milieu de la pièce dans un jaillissement. La voix de Mélodie s'éleva très haut. Michel demeura muet. À cet instant-là, il s'inquiéta de l'avenir. Il craignit que cette ivresse soit fugitive.

Était-il possible qu'une si jeune fille, par son abandon, son regard et son corps ainsi ouverts, puisse faire ce que personne avant elle n'avait réussi : franchir sa solitude ? Elle lui ressemblait dans son mal de vivre, il pouvait l'accueillir sans crainte d'être abandonné, mordu ou trahi. Ils seraient vivants ou naufragés. Ensemble. À jamais.

— Souris, au lieu de faire une grimace !

— J'ai le soleil dans les yeux. C'est trop fort !

Mélodie en maillot de bain, étendue sur une serviette de plage a l'air d'une sauterelle. Trop maigre. On le lui a toujours dit. Elle n'a jamais faim. Elle a souvent froid. Même aujourd'hui, une journée chaude de juillet. La famille s'est réunie pour un pique-nique sur la grève. Jocelyn insiste pour prendre une photo d'elle. Mélodie déteste ça. Rester immobile à sourire. Faire semblant. D'être ravie. D'être jolie. La photo prise, elle se retourne sur le ventre, appuie sa tête sur le côté pour observer, par-dessus son bras, la mer qui scintille à l'horizon. L'image de l'éternité. Son corps se lézarde, ses mains pénètrent les galets jusqu'à s'enfouir totalement. Elle devient crabe. Refait surface. S'échappe. Franchit la grève. Se jette à l'eau. S'en va. Au large. Au loin.

— As-tu faim ? lui demande Murielle.

— Je n'ai pas faim, répond Mélodie.

Et ça recommence… Qu'est-ce qu'elle a cette enfant qui n'a jamais d'appétit ? Elle ne mange rien et continue de pousser pourtant. Maigrichonne… la voix continue en sourdine, s'éloigne de plus en plus… Le regard de Mélodie se porte au loin, elle n'entend plus rien. C'est par le regard qu'elle peut s'échapper et devenir sourde à ce qui voudrait l'attacher, la blesser ou la perdre dans un puits sans fond qui la force à garder sous silence ses nuits de tourmente. Elle se lève. Court sur la grève. Elle a des ailes. Ce jour-là de l'été de ses douze ans, elle commence à comprendre qu'elle peut s'échapper. L'appel de la nature et le plaisir de l'écriture lui permettront de survivre.

MARIE-CAPUCINE

Aujourd'hui, sept ans plus tard, alors qu'elle repense à toutes ces années, Mélodie reconnaît que l'on ne peut survivre à tout. Ça n'est pas tant le départ de sa mère, ni le désespoir de son père qui l'ont tuée. La mort de Michel fut l'appel incontournable, irrésistible. Lui parti, que devenait sa vie ? Un abandon, une solitude implacable, la perte irrémédiable de la seule lumière qui lui restait accessible.

On cogne à la porte. Mélodie s'approche de l'escalier. On frappe à nouveau. Qui sont ces visiteurs ? Personne ne met jamais plus les pieds, ici, dans la maison de la falaise… Quelqu'un force la porte et entre. Qui sont ces intrus ? Ils sont trois, affublés chacun d'une tuque de laine bariolée. On dirait presque la sainte Famille : Marie, Joseph et l'Enfant Jésus. Lui porte un lourd sac brodé qu'il laisse choir sur le plancher afin d'aider sa compagne à retirer l'enfant endormi sur son dos. Étienne, Elvire et Marie-Capucine viennent d'entrer dans la vie de Mélodie.

La jeune fille a tout juste vingt-deux ans, le teint frais d'une adolescence heureuse, passée au vent des grands espaces. Cependant, les joues rondes n'arrivent pas à masquer la fatigue du voyage. Elle retire ses bottes de marche, ses bas, et s'accroupit pour masser ses pieds noués. Le jeune homme a déposé l'enfant dans un panier sur une table bancale près de la fenêtre. Il regarde autour de la pièce cherchant de quoi faire du feu. Il déniche de vieux journaux empilés derrière le poêle et sort pour chercher du bois. L'enfant s'est éveillé et pleure un brin. La mère ouvre son corsage et lui tend un sein gorgé de lait. Il tète en se laissant bercer par la voix chaude qui fredonne. Mélodie a fermé les yeux. Que ce chant ne cesse jamais ! Le retenir ici, à tout prix, pour dormir enfin tranquille. Pour endormir le chagrin secret.

Étienne revient les bras chargés de fagots et de bois de grève, allume le poêle qui répand sa chaleur bienfaisante et sa lumière, animant la maison abandonnée. Le trio s'installe bientôt sur des lits de fortune à même le plancher de la cuisine. On déroule les vieilles catalognes découvertes dans une malle, près de l'escalier. L'odeur du passé, emmêlée au parfum du bois qui crépite dans la cheminée, rassure, enveloppe et fait du bien. Pour quelque temps, ces enfants des routes ont trouvé refuge avant de repartir pour d'autres horizons. Ils ont choisi de reprendre la vie nomade des ancêtres lointains dont ils portent la mémoire au plus intime d'eux-mêmes. Dans leurs veines coulent les sentiers de grands espaces et d'une liberté qu'ils veulent sans frontière.

La maisonnée endormie, Mélodie observe longuement ses hôtes, questionnant le destin qui les a menés jusqu'ici, en ce printemps qui semble vouloir la délivrer enfin.

Au matin, monsieur Roméo s'amène. Il ne s'arrête pas à la chapelle, comme la veille, mais à la maison de la falaise, fort intrigué de voir de la fumée s'échapper de la cheminée. Se pourrait-il que Jocelyn soit revenu ? Depuis la mort de Mélodie, on ne l'a pas revu. Ni à Rivière-Madeleine, ni à La Martre, ni à Sainte-Anne-des-Monts. On le croit peut-être retourné à Maria, dans sa famille. Dans le temps, la municipalité avait repris la maison pour les taxes non payées et Roméo avait été mandaté, à titre d'échevin, pour en assurer la surveillance. Et Roméo n'avait que faire des ragots qui couraient sur la maison. Il ne croyait pas aux fantômes et avait gardé un souvenir attendri pour l'amie d'enfance de sa fille partie brutalement, en laissant la trace brumeuse de sa présence en ce village.

Étienne, sa tuque bariolée sur la tête, vient ouvrir la porte qui a été forcée et qui est maintenant retenue par une corde attachée à un clou dépassant du cadre.

— Bonjour !

— D'où c'est que vous sortez, vous autres ? demande Roméo d'un ton bourru. On pourrait-y savoir ce que vous faites dans la maison des fantômes ? et il part d'un grand rire en voyant le visage ahuri d'Étienne.

— Mais entrez… entrez… bredouille Étienne, le visage empourpré.

Monsieur Roméo pénètre dans la cuisine. Elvire, assise au coin du poêle, donne le sein à l'enfant. Avec ses cheveux blonds qui retombent sur le bébé, on dirait une madone italienne.

— Et ben ! Et ben ! d'où c'est que vous venez, vous autres ? répète-t-il, en s'assoyant sur une berceuse fatiguée qui avait été laissée là.

Devant la timidité des nouveaux venus, monsieur Roméo s'est finalement mis à raconter sa propre vie.

— C'est dans la maison que mon père a construite à l'entrée du village, vous avez dû la voir en arrivant, c'est la rouge, que j'ai vécu au début de mon mariage avec Paula, malheureusement décédée aujourd'hui. C'était la coutume, en ce temps-là, qu'un couple de jeunes mariés vive en demeure, chez l'un des parents. On n'avait pas encore d'enfants. Paula, après un certain temps, commença à penser qu'on manquait peut-être un peu de notre « petit ciel », comme elle disait, et qu'il faudrait songer à nous construire un nid douillet, nous autres itou.

C'est au printemps de notre cinquième anniversaire de mariage qu'on a emménagé dans la maison jumelle, en bardeaux de cèdre, celle que j'ai construite de l'autre côté du chemin, en tout point pareille à celle de mon père. Et c'est par un après-midi d'hiver que Paula a ramené de l'école une fillette du village voisin à qui elle faisait la classe. La petite avait perdu sa mère, il y avait quelques mois, et avait grand besoin qu'on en prenne soin. C'est comme ça que Julie a finalement été placée chez nous, en famille d'accueil, pour être par la suite adoptée comme notre fille bien-aimée, tant désirée et tant chérie. Elle habite d'ailleurs de biais à ici, dans l'ancienne petite école, avec son mari d'Artagnan et leur petite Jonquille. Drôle de nom pour un enfant ! Mais que voulez-vous, les temps ont changé ! À présent, ce sont les parents de mon gendre d'Artagnan, qui depuis vingt ans, habitent la maison de mes parents. Lui, tout le monde l'appelle le marcheur de la grève, et sa femme c'est Irène. Et faudrait pas oublier leur chien Fiasco. Leur fille Joconde habite à Vancouver…

Dans le printemps frisquet et lumineux de la péninsule gaspésienne, Roméo faisait revivre à Mélodie tout le passé qu'elle avait fui. Émue, elle quitta la marche où elle était assise et alla tranquillement embrasser monsieur Roméo. Comme pour chasser une mouche, il effleura son front de la main droite. Cela fit sourire Mélodie, qui recommença. Cette fois, le vieil homme grommela.

— Mais d'où vous venez, vous autres ? demanda pour la troisième fois monsieur Roméo, qui depuis une demi-heure n'avait pas arrêté de parler, trop content d'avoir du nouveau monde à qui faire la jasette. Mais là, il demeurait silencieux, l'œil allumé, attendant finalement la réponse à sa question.

— Nous autres, commença Étienne, on viant du Nouveau-Brunswick. Ça s'entendait tout de suite à son accent, encore plus prononcé que celui de la Haute-Gaspésie, mais tout aussi marqué. Avec des mots qui racontaient le pays, la famille, l'exil et le rêve.

À la naissance de Marie-Capucine, ils n'avaient pas voulu du bungalow avec piscine. Ils avaient pris la route, la petite sur le dos, comme au temps de leurs ancêtres déportés, en quête d'une vie différente de celle de leurs parents. Ils avaient décidé de s'installer quelques années en Gaspésie pour laisser grandir un peu Capucine. Étienne voulait aussi apprendre à travailler le bois, car il était assez habile de ses mains. Quant à

Elvire, qui s'intéressait aux herbes et plantes de toutes sortes, le littoral gaspésien lui offrirait une grande flore à découvrir. Elle rêvait d'une petite entreprise de produits naturels. Ramasser ainsi pendant quelques années suffisamment d'argent pour ensuite partir. Découvrir l'Asie, l'Orient, l'Afrique.

Roméo écoutait, en hochant la tête de droite à gauche. Ah ! la jeunesse ! Lui qui n'avait jamais été plus loin que Québec n'en revenait pas de cette génération fascinée par la route. Finalement, le vieil homme était content de voir Étienne et Elvire s'installer avec leur bébé dans la maison de la falaise. Si bien qu'au moment de partir, il rassura les squatters :

— Bon ben, j'vas m'arranger avec la municipalité. Vous pouvez rester.

Roméo partit en leur promettant de revenir dès la fin de l'après-midi, avec des couvertures de laine et de quoi réparer les fenêtres cassées, de la nourriture aussi, une belle dinde congelée de l'été dernier. Avant de passer la porte, il embrassa le bébé qui roucoulait comme une tourterelle.

Mélodie fait claquer la porte du grenier. Colère ! Colère ! Colère ! On a l'audace de commettre ce sacrilège ! De prendre possession de sa maison ! De venir déranger son silence !

Étienne et Elvire ont sursauté. Est-ce le vent qui pénètre par une fenêtre ouverte au grenier ? Le jeune homme monte pour aller vérifier. Tout semble pourtant immobile, rien n'a bougé depuis la veille, quand il a fait la visite des lieux à leur arrivée. La fenêtre est bien fermée. Il règne cependant dans la pièce une fraîcheur humide, suintante. Une lourde poussière recouvre la table sous la lucarne où sont déposés en rang, du plus petit au plus gros, des oursins peints à la main. Au-dessus du lit, qui ressemble à un nid abandonné, se tient toujours le mobile d'étoiles de mer figées dans une énorme toile d'araignée. Des plumes minuscules échappées du matelas éventré sont éparpillées sur le plancher. Près du mur, se trouve un coffre de bois sur lequel gît une lampe dont la base est une ballerine de porcelaine qui a la tête fêlée. L'abat-jour déchiré a roulé par terre. Dans cette chambre mal éclairée, sur ce plancher de bois peint en bleu délavé, le lit semble voguer à la dérive. La pénombre permet tout de même de distinguer une chaise berçante miniature où se love une poupée, yeux crevés et cheveux arrachés.

Étienne a fait le tour de la pièce. Mélodie, assise sur le coffre, l'observe, l'œil aux aguets.

— Quelque chose ne va pas, Étienne ? demande Elvire de la cuisine.

— Non non, ça va, je redescends.

Pourtant, il s'attarde. Pris d'un vertige, il s'assoit sur le lit. À l'écoute. Car il perçoit quelque chose. Une vie paraît emmurée ici. L'émotion de cette chambre est palpable. Plus il écoute, plus lui parle l'esprit du lieu. Sans le savoir, il est entré dans le monde de Mélodie.

Quand il redescend à la cuisine, deux heures se sont écoulées. Il retrouve Elvire étendue sur le plancher,

Marie-Capucine dans les bras, assoupies toutes les deux, au royaume paisible de la mère et de son enfant.

Là-haut, une plume flotte dans l'air. Mélodie se sent désemparée. Tant de douceur dans la présence de ce jeune homme. Que deviendra sa vie à présent qu'elle n'est plus seule ? Que deviendra ce chagrin, cette solitude qui lui appartiennent ? Elle craint cet inconnu qui surgit devant elle. Ferme les yeux. Si elle pouvait disparaître. À jamais.

— Te sens-tu d'attaque, Elvire ? Il y a un grand ménage à faire ici.

La mère dépose la petite dans son panier près du poêle, débordante de lait et de sommeil. Et les deux jeunes gens se mettent à l'ouvrage. Tiens ! L'électricité est revenue et la pompe à eau fonctionne. Alors, on lave, on frotte, on décrasse. Les fenêtres, les comptoirs, les planchers. On enroule les toiles d'araignées autour du balai, on jette sur la galerie tout ce qui sent le moisi, le passé, la misère. On fait le grand ménage comme pour narguer la mort humide des lieux. On bouscule les secrets figés dans la chair de cette maison. De là-haut, Mélodie en tremble. Elle a la nette impression qu'on la déshabille de son drame, qu'on lui vole sa peine. Elle ne veut pas, refuse. Elle voudrait leur crier de la laisser dans sa prison éternelle. Lorsqu'elle les entend monter au grenier, prêts à tout chambarder, à violer sa chambre, elle s'élance et s'enfuit, les bousculant dans l'escalier, ne voulant pas être témoin de ce sacrilège. Elvire a failli en perdre l'équilibre, un courant d'air l'a frôlée. Elle frissonne.

— Attention de tomber, les marches sont moisies, il faudra les remplacer, dit Étienne en la prenant par le bras.

Pendant que Mélodie se précipite, emportée dans la neige qui commence à tomber, Elvire découvre la poupée aux yeux arrachés. La prend sur son cœur, la berce, comme si elle était chez elle dans cette chambre. Dans son recueillement, elle sent que quelque chose, ici, est à naître.

Mélodie pénètre en coup de vent dans le moulin. Son passage soulève la poussière et les filets tendus des araignées. Les yeux hagards, haletante, comme une somnambule échevelée, elle traverse les étages de la bâtisse désaffectée dans une course qui est un appel à l'aide.

— Michel ? Michel ?

Sa voix se cogne au silence. Ses pas ne laissent aucune trace dans la poussière, mais elle est en quête d'une ancienne résonance. Répondra-t-il ? Elle a peine d'ailleurs à s'y reconnaître. L'atelier de Michel s'est effondré sous les décombres du toit qui pendouille. La fenêtre du nord a été cassée. Un mur de brique commence à se disloquer. Tout est en ruine. Qu'est-il advenu de cette caverne des mille et une nuits, des tissus d'Orient, des tapis persans ? Comme si des voleurs avaient tout saccagé : les coussins sont déchirés, les tasses de porcelaine ébréchées. Des taches de peinture séchée et délavée couvrent le plancher. Tout grince et se lamente, comme dans la maison qui pleure.

La voilà qui s'effondre au milieu du silence, au centre de nulle part, ni dans la mort, ni dans la vie. Abandonnée. Comme il y a sept ans. Quand on lui avait appris la mort du peintre.

Elle pleure de l'intérieur.

Les yeux fermés.

ON REPREND TOUJOURS LÀ OÙ ON A LAISSÉ.

La voix de Michel se fait entendre. Aérienne, sa voix, comme une aile, enveloppe Mélodie. Elle s'y blottit, écoute le revenant qui la traverse. Elle le retrouve. Comme avant. Il lui parle doucement.

— Pardonne-moi d'avoir abandonné la vie. Je ne savais plus me battre. Je ne voulais plus me confronter… À rien. Ni à moi-même. J'avais perdu la grâce. Même toi, ma prunelle d'avenir, ne pouvait me retenir. Je savais pourtant que mon départ saccagerait l'espoir semé en toi. Mais mon mal de vivre était trop grand. Je perdais mon souffle, alors que ma main paralysée n'arrivait plus à peindre, ni dessiner. Je ne savais pas comment survivre. Peindre me donnait une raison d'exister, cela nourrissait mon âme et lui permettait de s'élever au-dessus de l'angoisse. Ma main figée, c'était ma voix qui s'était tue, mon regard à l'horizon voilé, mes jambes qui ne marcheraient plus.

J'ai mis un terme à l'impossible. Mais l'âme ne meurt pas, comme tu le sais à présent. Elle nous maintient dans la réalisation de ce que nous devons achever, au-delà même de notre présence corporelle et de notre vie mortelle. Nous voilà prisonniers de quelque chose d'inachevé. Nous ne pourrons jamais nous évader de ce village, ni du moulin, ni de ta maison, tant que nous n'aurons pas fait la paix avec notre passé.

NOUS REPRENONS LÀ OÙ NOUS AVONS QUITTÉ.

Dans la mort, Mélodie s'était retrouvée dans la solitude et la dévastation, alors que Michel avait échappé aux maléfices. En fréquentant la chapelle, il avait à nouveau été touché par la grâce qui avait déversé en lui sa lumière. Il possédait même ce qu'il fallait pour aider Mélodie à s'affranchir du passé. Il n'allait pas intervenir, mais guider seulement. Comme un ange discret, se fondant en celle qu'il avait aimée, pour l'accompagner dans ce passage, cette autre naissance. Il avait conquis la patience, ses mains devenues des ailes pouvaient désormais lui ouvrir l'éternité.

L'âme errante de la maison de la falaise n'était pas, cependant, au bout de ses peines. La colère logeait dans sa mémoire et le ressentiment avait laissé en Mélodie une blessure béante. Dans un futur encore lointain, ces deux êtres se donneraient rendez-vous pour exorciser enfin cette vie de souffrance. Mais il fallait encore franchir les étapes et choisir de renaître à la VIE. Chez Michel, les mots prenaient des majuscules tant il parlait vrai.

Du moulin, Mélodie revient par la grève. La neige imprévue en ce milieu d'avril a cessé. Calmée, elle s'attarde à regarder le fleuve qui se prolonge dans la mer, emportant avec lui tant d'histoires, tout un passé d'héritages. Combien sont-ils à avoir remonté ou descendu « ce chemin qui marche » comme l'appelaient les Indiens ? Mélodie n'en connaît pas l'autre rive. Elle ne l'a jamais traversée. Combien de fois s'est-elle imaginé, enfant, que de l'autre côté c'était peut-être l'Afrique ? Quand on n'a jamais voyagé ni pris l'avion ou le train, que l'endroit le plus loin où l'on est allé est le Rocher Percé, au bout de la péninsule gaspésienne, on s'invente de grandes traversées d'océan et de pays à visiter. Pour se sentir vivante, invincible. En espérant, un jour, aller plus loin. Voler. S'échapper. La Haute-Gaspésie ouvre sur le monde.

Mélodie ferme les yeux…

Un goéland se pose sur le rocher mauve qui pointe son front vers le ciel. La saison avance… comme un film en accéléré… Les odeurs de varech se font plus présentes, le vent plus chaud, l'humidité salée de la mer plus collante.

Mélodie ouvre les yeux…

Une voix chante au loin, venant de la falaise. Elle lève son regard… les bardeaux de la maison ont été remplacés, puis repeints, elle a maintenant l'allure d'une jeune fille en robe bleu pervenche. D'autres voix en chœur reprennent… D'un pas vif, elle remonte le sentier odorant des fleurs que l'été a fait éclore ces dernières semaines, elle frôle la pelouse et aperçoit… Étienne et Elvire, habillés en costumes médiévaux, suivis de monsieur Roméo endimanché qui tient par la main Marie-Capucine qui avance en sautillant, comme si elle tentait d'éviter un ruisseau. Tous franchissent les portes de la chapelle.

Deux ans se sont écoulés. C'est l'été de leur vie.

Une dizaine de tables, aux chaises multicolores, sont dressées sur le parterre, entre lesquelles on a disposé d'énormes bouquets de fleurs de tournesols qui s'épanouissent dans de vieux bidons de lait qu'on a repeints. Des lanternes de papier, suspendues à des cordes, traversent l'espace, telles des ballerines glissant sur un fil. Des paniers remplis de fruits décorent chaque centre de table où se posent des papillons de soie qui semblent butiner le miel sur les nappes brodées de fleurs. Stationnée devant ce décor de fête foraine, la Monarch de monsieur Roméo reluit, enrubannée de choux blancs à chaque portière, comme habillée pour la noce.

Un renard roux argenté traverse le parterre, s'arrête, aux aguets. A-t-il senti la présence de Mélodie ? Soudain il déguerpit, se perdant dans les fougères à l'orée du sous-bois.

Les portes en ogive sont demeurées ouvertes et l'on entend la voix d'Irène entonner l'*Ave Maria.* Mélodie s'avance… Tous les voisins du Cap sont là. Julie et Joconde sont vêtues de robes brodées, les cheveux bouclés, des opales aux oreilles, leurs poignets enrobés de bracelets, des colliers d'argent serpentent à leur cou. Elles ressemblent à des princesses des mille et une nuits. Des mille et une vies. Elles sont parées de la grâce des filles qui ont été aimées. Mélodie les regarde, fascinée. Pourquoi pas elle ? Ce bonheur, cette aisance, cette simplicité ?

Roméo s'avance jusqu'à l'autel, prend la parole.

— Étienne et Elvire, nous sommes réunis devant Dieu aujourd'hui pour sanctifier votre amour. Ça me fait plaisir d'officier cette cérémonie. Voulez-vous vous approcher pour l'échange des vœux.

— Étienne, veux-tu prendre pour épouse Elvire et l'aimer de tout ton être, tous les jours de ta vie, à travers les jours de soleil comme les jours de tempête ?

— Oui, je le veux. Elvire, je te promets fidélité, présence et vigilance tout au long de notre vie à deux.

— Elvire, veux-tu prendre pour époux Étienne et l'aimer de toute ton âme, à travers le cours limpide des rivières comme à travers les changements de marées ?

— Oui, je le veux. Étienne, je te promets fidélité, tendresse, passion et courage tout au long de notre vie à deux.

Les jeunes gens échangent leurs alliances. Un jonc d'argent incrusté d'une turquoise qui symbolise la comète et sur lequel sont gravés une lune d'or, un soleil de bronze et de minuscules étoiles. La bague de l'univers qui présage un amour vaste, ouvert sur tous les possibles d'une vie à deux.

Mélodie, silencieuse, est en état de choc. Elle ne sait plus où elle en est. Happée par le temps, comme si elle avait été déposée sur une planète inconnue et qu'elle n'avait pas encore eu le temps de s'adapter, d'y reconnaître quelques indices pour se rassurer. Un instant auparavant, elle était envahie par le ressentiment, la colère, et voici qu'une saison nouvelle la fait pénétrer dans un univers de chaleur et d'amour. Surprise, elle se sent déstabilisée, désemparée. Dans un élan insoupçonné, elle s'avance vers la nef pour observer tous ces visages souriants, ceux qu'elle a côtoyés jadis. Même les enfants qu'elle n'a pas vus naître, elle connaît leur nom, comme si elle possédait la science infuse de tout ce qui habite son Cap perdu.

Elle s'avance encore et voit Marie-Capucine sortir du banc pour venir se blottir tout contre Elvire. Puis, la petite tourne la tête vers l'assemblée, l'œil espiègle. Mélodie est foudroyée ! Sous les traits de l'enfant, elle se reconnaît. Se peut-il qu'elle soit cet enfant aimé ?

La voici qui s'échappe de la robe de sa mère pour courir vers elle…

— Marie-Capucine, Capucine, reviens ici.

Étienne rattrape l'enfant, la soulève dans ses bras et retourne à l'autel. Mélodie s'enfuit vers son grenier.

La porte de la maison ne craque plus et glisse comme par enchantement. La voici en visiteuse, dans sa propre demeure, qu'elle ne reconnaît plus. Tout a été transformé. Dans la cuisine, les fenêtres ont des rideaux à carreaux jaunes et blancs, les armoires ont été repeintes en vert et les murs en lattes de bois ont été eux aussi rafraîchis. Sur la table, des objets dans des papiers de soie, ornés de ruban. Ce sont les cadeaux de la noce qui se célèbre et dont la rumeur joyeuse lui parvient, tel un parfum exotique, inconnu ; c'est le parfum du bonheur, dont elle a un souvenir furtif et lointain. Au temps de la petite enfance, quand la maison était encore un nid douillet et que l'on ne pouvait jamais soupçonner qu'un jour sa famille partirait à la dérive.

Un enfant peut-il s'imaginer qu'un temps viendra où ses parents ne s'aimeront plus ? Que l'un d'eux partira et que le pont de sa vie deviendra si glissant qu'il risquera de passer par-dessus bord à chaque pas ? Quand vos parents se séparent, c'est comme si on vous abandonnait sur une île déserte. Comment survivre à la catastrophe ? Petit voyageur, on ne connaît rien des chemins de la vie. L'île du chagrin l'enferme dans sa jungle étouffante. Il lui faudra toute une vie, et encore, pour retrouver sa tribu, son clan.

C'est comme après le départ de Murielle, lorsque Mélodie regardait une photo de sa famille. Son cœur se serrait. Une trinité esseulée au cœur de cette Gaspésie déserte qui avait pourtant connu tant d'enfants. Mais les nouvelles générations avaient mis un terme au bonheur des berceaux. Ils n'allaient que très rarement visiter la famille de Jocelyn, à Maria, dans la Baie-des-Chaleurs. Et du côté de Murielle, c'était le grand silence de l'absence depuis toujours. Mélodie n'avait pas connu sa parenté du côté maternel ; pour sa mère, la famille était représentée par un immense cadre vide qu'elle avait installé avec arrogance sur un mur du salon. On aurait dit qu'elle en était fière et, certains soirs où elle avait trop bu, elle pointait du doigt le cadre et se prêtait à un humour noir et pathétique.

— Tiens ! Moi, chus la fille de l'homme invisible.

Elle s'enlisait alors dans des monologues à n'en plus finir, décousus, incohérents, obligeant Mélodie à demeurer assise auprès d'elle. L'enfant s'endormait finalement sur le divan sombre qui dérivait dans la nuit de Murielle.

Le salon a subi aussi des transformations. Seul le manteau de cheminée est resté le même, avec ses tuiles de faïence craquelées, représentant des scènes de chasse. Murielle les avait reçues en cadeau d'un client écossais après son passage dans la région. Cela avait suscité une querelle mémorable entre ses parents, Jocelyn soupçonnant sa femme d'infidélité pour finalement entendre raison et accepter d'en faire la pose, aidé de Mélodie. Sa main glisse à présent sur la faïence fraîche... Lentement, son regard se promène sur la pièce : des objets partout, de jolies poteries, des bouquets d'été, des dessins d'enfant encadrés de bois de grève... Elle monte au grenier. Les marches chambranlantes ont été remplacées et repeintes. L'escalier jaune maïs s'élève telle une lumière, pour éclairer le passé.

À l'entrée de sa chambre, Mélodie hésite. La porte est fermée. Elle essaie d'y entrer, n'y arrive pas. Normalement, elle pourrait la traverser. Elle fait une autre tentative, n'y parvient toujours pas. Cette fois-ci, pour accéder au passé, elle devra envisager la réalité des choses. Elle a choisi de mourir il y a longtemps. Comment à présent ouvrir à nouveau la porte du passé et être libérée ? Sera-t-elle à jamais le fantôme errant de cette maison ? Si elle veut vivre en paix et non plus vivre dans l'ombre, il lui faut franchir ce dernier passage.

Sa main tremble sur la poignée... elle doit pouvoir y arriver... la tourner comme une simple mortelle peut le faire... mais elle a peur de ce qu'elle va retrouver de l'autre côté de l'enfance... elle se concentre...

courage… et sa main invisible tourne la poignée… la porte s'ouvre…

Elle se voit sur le lit lorsqu'elle était enfant. Les couvertures ont été rabattues, la chambre est sombre. À la lucarne, il fait nuit noire. Son corps est si blanc qu'on la croirait morte. Tout le sang écoulé, la vie a disparu. Les poupées, que l'on distingue à peine, ont les yeux fermés. Une ombre se déplace autour du lit, gigantesque, effroyable. Un monstre, un malin. Un souffle rauque s'échappe de sa bouche, un glapissement. De ses doigts, sortent des tisons.

Mélodie s'approche du lit où l'enfant fait semblant de dormir. Elle la prend dans ses bras. La petite ouvre les yeux et se reconnaît. Mélodie et l'enfant fixent à présent l'ombre aux mains de feu, qui s'immobilise.

— Non ! Va-t-en ! Plus jamais !

Le ton de sa voix annonce qu'elle n'accepte plus. Les mains de la nuit se consument, le cauchemar s'éteint. La lumière revient dans la chambre rose au lit refait, aux poupées habillées de robes de fruits. Mélodie a pris soin de l'enfance, elle peut partir en paix.

Quelqu'un monte au grenier.

La porte s'ouvre.

Marie-Capucine se tient sur le seuil de la chambre.

Et la saison à nouveau avance… très vite. Marie-Capucine se met à grandir, grandir en accéléré. Mélodie la regarde avoir dix ans, quatorze, vingt ; enfin elle arrive à l'âge qu'elle-même aurait, aujourd'hui, si elle n'était pas de l'autre côté du miroir. Mélodie est assise sur le coffre aux souvenirs, dans la chambre du passé, mais voit bel et bien son double…

Qu'est-il arrivé ? La maison de la falaise possède des pouvoirs bien étranges. Dans cette chambre de l'enfance, Mélodie est-elle bien revenue en Marie-Capucine ? Le temps a passé et va permettre à la maison de la falaise de renaître.

LÉO

MARIE-CAPUCINE a vingt ans. Elle habite toujours avec ses parents Étienne et Elvire, dans la maison bleue de la falaise. Le chemin et les grèves de Cap-au-Renard n'ont pas beaucoup changé depuis l'époque de Mélodie. La municipalité a cependant obtenu une subvention pour le développement culturel en Haute-Gaspésie. On a pu ainsi transformer la chapelle en centre d'art et café. Les artisans de la région viennent y exposer leurs œuvres durant la belle saison mais, comme au temps passé, une messe y est célébrée tous les dimanches, de juin à septembre.

Depuis quelques années, Roméo vit avec sa fille Julie et son gendre d'Artagnan. Sous les bons soins de la fille, la maison du père a été transformée en un gîte baptisé La Maison de Paula, en souvenir de sa mère. Marie-Capucine lui a donné un coup de main pour l'aménager. Elles ont ressorti des coffres et des armoires les rideaux de voile aux fleurs éteintes, les ont lavés pour les remettre aux fenêtres. Elles ont dépoussiéré les cadres anciens, collé les faïences, jeté les ordures cachées sous les lits, entre les vieux prélarts et les planchers de bois. Par leurs gestes, elles ont ramené la lumière et le bonheur dans des chambres demeurées vides pendant trop longtemps.

Même s'il n'habite plus sa maison, Roméo y vient chaque jour pour s'asseoir dans la cuisine et se bercer au rythme des souvenirs du passé. Il n'est pas facile de vieillir et les personnes âgées se sentent souvent délaissées. Comment accepter que le temps fuie et emporte comme un voleur nos demeures et nos vies ? Comment accepter qu'après avoir besogné toute sa vie pour sa famille, on se retrouve seul à attendre que passent les heures ?

Lorsque la nostalgie gagnait Roméo, Marie-Capucine ou Julie essayait de le secouer un peu.

— Vous, qu'on appelait le géant de la montagne, ne vous laissez pas aller ! Alors, il reprenait encore une fois, l'histoire des chantiers ou celle de sa Paula bien-aimée. Pour Marie-Capucine, il était le grand-père que la vie lui avait envoyé et elle redoutait le jour où il faudrait le laisser partir.

À Cap-au-Renard, on avait tout de même le privilège de vieillir en paix. Les parents de d'Artagnan, le marcheur de la grève et son Irène, franchissaient les années, tranquilles, dans leur maison à l'entrée du village, en face du gîte. Leur fille Joconde revenait quelques mois, puis repartait courir l'aventure des pays étrangers, faisant ainsi, par petits séjours, le tour du monde. De chaque voyage, elle ramenait des visions précieuses, qu'elle reproduisait sur des tableaux immenses, dans l'atelier du moulin dont elle était devenue propriétaire et que son frère d'Artagnan avait ensuite restauré. Joconde ne se marierait pas, destinée corps et âme à sa peinture. À trente-cinq ans, elle était devenue, selon les journaux, une artiste peintre connue, dotée d'une forte et profonde sensibilité, proche de la nature. Ses œuvres témoignaient d'un regard empreint de compassion et d'une conscience écologique. Le tout se traduisait par une explosion des couleurs qu'elle rapportait de l'Équateur ou de Thaïlande.

Son nom avait bien annoncé une carrière internationale, mais elle n'en tirait pas vanité. Son destin allait son cours et elle y consentait avec désinvolture.

Tant de gens cherchent si longtemps leur chemin, dérivant d'un travail à l'autre, d'un amour à un autre. Les amis de Mélodie avaient échappé à l'usure du temps comme si l'enfance leur avait donné des ailes.

Pourquoi Mélodie et Michel, eux, avaient-ils fait naufrage, alors que Joconde, d'Artagnan et Julie avaient abordé à des rivages inconnus ? L'aurore ne les avait pas bercés de la même manière. Au nid de l'enfance, on peut déposer des brindilles, du foin et des plumes. Ou des chardons. L'enfance, alors, peut saigner longtemps. Celle de Michel et de Mélodie semblait une plaie toujours vivante. Et les vieux répétaient que les deux âmes errantes du Cap espéraient la guérison.

Marie-Capucine, quant à elle, avait choisi de rester à Cap-au-Renard. Elle ne ressentait pas l'appel du lointain. Entre la gestion du gîte et le coup de main qu'elle donnait à la chapelle lors des événements culturels, elle écrivait. Au grenier. Elle avait installé une grande table en face de la fenêtre agrandie en une lucarne qui permettait à présent de voir la mer. Elle pouvait voyager tout à son aise dans l'imaginaire, du cap du Moulin, au cap de la Grève. Entre les deux, sous l'œil du renard légendaire, une plume naissait sous sa main pour écrire l'histoire de ce village au passé mystérieux.

Ce matin, alors que Marie-Capucine est à écrire là-haut, elle est bientôt distraite par des coups de marteau qui proviennent de la chapelle. Elle va donc s'y rendre. Des hommes sont à installer des échafaudages.

Bonjour, mademoiselle.

— Monsieur ?

— On est d'avance, le contrat du presbytère de Rivière-Madeleine s'est terminé plus tôt que prévu. Je serais prêt à commencer à repeindre la chapelle dès cet après-midi.

Marie-Capucine observe le jeune homme qui s'adresse à elle. Peut-être vingt-huit ans, bâti, les bras forts et ce bel accent venu de la mer, il y a bien longtemps. Ses yeux noisette s'allongent, rieurs, quand il parle. Ses cheveux noirs, coupés courts, lui font sur le dessus de la tête une singulière hure. À son front haut et large, à son nez busqué, on reconnaît qu'il est de descendance amérindienne. Léo Petit-Pas, natif de Marsoui, travaille à son compte comme peintre, sur toute la côte gaspésienne. Au fil des années, il s'est spécialisé dans les églises, les chapelles et les presbytères. Les paroisses n'étant plus fortunées, il est toujours assuré d'une aide bénévole de la population. Il goûte les heures passées en ces hauteurs. Entre la mer et le ciel, il entre dans l'ailleurs infini. Les clochers, en particulier, le fascinent. Il dit aussi se sentir à la vigie d'un grand voilier quand, suspendu ainsi, il peint ces toits qui fendent l'air comme des étraves de bateau.

Chaque matin, après l'écriture matinale et la supervision du gîte, Marie-Capucine a pris l'habitude de s'arrêter près des échafaudages pour causer avec Léo. Pour ce contrat, il a accepté de travailler seul, et même en prenant son temps il en a pour deux semaines tout au plus. Ensuite, il ira rejoindre son équipe de trois hommes partie commencer un gros contrat à Trois-Pistoles. Trois clochers à repeindre, avant le mois d'août, pour le tricentenaire de la ville. On y attend de nombreux visiteurs pour une célébration toute spéciale de l'Eucharistie et pour la fête qui se déroulera autour de la majestueuse église du Bas-du-Fleuve.

Léo raconte. Marie écoute. L'heure de la pause se prolonge en dégustant le café qu'elle a apporté dans un thermos, avec des muffins aux noix et aux carottes qui fondent dans la bouche. Le murmure de la mer, en bas, accompagne le récit de cet homme qui semble avoir tant à dire. Il parle, parle, parle. Puis, de longs silences. La main se pose sur le genou, le regard se perd au loin.

— J'ai un frère, Miro, un peu plus âgé que moi. Il a quitté Marsoui à seize ans pour Rimouski. Il rêvait de devenir acteur. Il a fait partie d'une troupe de théâtre amateur, là-bas pendant quelques années. Homosexuel sans complexe, mon frère provoquait le scandale quand il venait parfois en visite avec ses amis. Par ici, on n'avait pas l'habitude de voir des hommes revêtus de redingotes à boutons d'or et coiffés de chapeaux décorés de plumes. Miro faisait exprès pour narguer le monde lors de la messe de minuit, en s'accoutrant de pareille sorte. Il disait que les comédiens pouvaient tout se permettre. Ma mère était ravie, elle se fichait pas mal de ce que le village pouvait penser. « L'enfant prodigue était revenu ». Il est parti vivre à Paris, il y a cinq ans. On n'a plus de nouvelles depuis. Il désirait vivre autrement, j'imagine. J'ai toujours su qu'il était différent. Appelé ailleurs, on aurait dit…

C'est ainsi qu'au fil des jours, Marie apprenait l'histoire de Léo. Il possédait toujours à Marsoui la maison de sa mère, décédée peu après le départ de Miro pour la France. Comme si elle n'avait pu survivre à l'absence de ce fils tant chéri. Léo, lui, ne s'était pas marié, n'avait pas eu d'enfant non plus. De tempérament nomade, il se déplaçait d'un village à l'autre, selon les contrats de peinture qu'il obtenait. Pour celui-ci, il avait demandé à séjourner dans la chapelle, préférant demeurer dans l'enceinte de son œuvre, disait-il. Marie lui avait aménagé un coin pour qu'il puisse y dormir tout à son aise.

Avec l'arrivée de Léo, l'unique rue de Cap-au-Renard se nourrissait d'une autre vie. Dès le matin, alors qu'il était perché sur les échafaudages, le pinceau à la main et sifflotant, on s'arrêtait pour lui faire un brin de jasette. Il connaissait toutes les histoires de la côte, ayant travaillé une saison ou l'autre dans presque toutes les paroisses. Il se rappelait que lorsque la chapelle avait perdu son clocher, il y a quelques années, c'est lui qui l'avait repeint dans un hangar à La Pocatière. Il avait reconnu tout de suite le clocheton, il y a quelques jours, en commençant ses travaux. Chaque fois qu'il terminait un projet sur « ses vaisseaux », comme il appelait les églises sur lesquelles il travaillait, il se permettait de les signer à sa guise. Laissant ainsi, comme un peintre, l'empreinte de sa réalisation. Léo était fier de son travail, il le reconnaissait et le signait. À la naissance du clocher de la chapelle, il avait peint délicatement une sorte de vague surmontée de trois lunes et de ses initiales : L. P. P.

En effet, la chapelle de Cap-au-Renard avait été sans son clocher durant quelques années, la paroisse n'ayant pas assez d'argent pour payer la réfection. La compagnie chargée des travaux l'avait gardé jusqu'au paiement final de la facture. C'est monsieur Roméo, à l'époque, qui, avec l'aide de tout le village, avait organisé un grand bazar sur le terrain entourant la chapelle. On avait ainsi ramassé les derniers fonds permettant de rapatrier le fameux clocher. Ce jour-là, on avait fait des recettes formidables, grâce à un autobus de touristes français qui séjournaient au Gîte du Mont-Albert. Les artistes des environs avaient présenté leurs pièces d'artisanat : catalognes tissées, nappes brodées, vestes de laines, etc. Mais les sculptures naïves de monsieur Dumont furent les pièces les plus populaires. Des poules, grossièrement taillées, à même un tronc de bouleau, expressives avec leur tête tordue, coiffée d'une crête peinte en rouge. On aurait dit que chacun de ces visiteurs de France voulait en rapporter une, comme souvenir typique de leur voyage au Québec. Il faut mentionner que monsieur Dumont savait y faire pour vendre ses œuvres.

Sa grande activité estivale, de juin jusqu'à octobre, consistait à fréquenter tous les bazars, kermesses et marchés aux puces, du Bas-du-Fleuve, jusqu'en Haute-

Gaspésie. De Rimouski à Percé, il partait avec ses poules, bien enveloppées dans des linges de coton et couchées sur la banquette arrière de sa voiture. Toute sa production de l'hiver y était alignée. Pas moins de deux cents pièces. Derrière son « station wagon » rouillé, il tirait une remorque remplie de ses œuvres et d'objets de brocante, le tout recouvert d'une toile cirée rouge et blanche. Lorsqu'il s'installait dans ces marchés à ciel ouvert, la toile devenait un chapiteau sous lequel il exposait ses trésors. Les poules, suspendues par le cou au-dessus de l'étal, créaient un décor des plus farfelus qui attirait la clientèle. Et quelle allure il avait, monsieur Dumont ! Soixante-huit ans, tout en nerfs et en jovialité, une casquette en laine sur le côté de la tête, une chemise d'une couleur et le pantalon d'une autre, des lunettes aux verres grossissants et le visage contorsionné à l'image de ses poules. D'une voix claironnante, il annonçait sa marchandise. Il se croyait dans un encan et, à intervalles réguliers, il lâchait un cocorico qui faisait se retourner toutes les têtes vers lui, attirant les curieux et les acheteurs potentiels. Toute cette comédie le récompensait bien, il faisait des affaires d'or.

Pour ce bazar, il avait accepté de verser la moitié de ses recettes pour le retour de la coiffe de la chapelle. Il avait été celui qui avait contribué le plus. Lors de ce dimanche mémorable, un photographe de *L'Écho Gaspésien* lui avait même tiré le portrait devant son étalage, entouré des gens du village. Toute la population de Cap-au-Renard en parlait encore souvent.

La photo encadrée décorait à présent l'entrée de la chapelle et le magnifique crucifix que monsieur Dumont avait sculpté ornait majestueusement la nef. C'était l'ultime cadeau qu'il avait fait à la chapelle avant que l'arthrite trop sévère l'oblige à prendre sa retraite dans les années qui avaient suivi.

Malheureusement, Léo Petit-Pas n'avait pas connu celui qu'on surnommait le géant du Cap. Monsieur Roméo était décédé l'année dernière, par un beau jour de mai. Il continuerait de vivre dans le souvenir et les prières de chacun. Un jour que Léo aidait Marie-Capucine à transporter au gîte un meuble sculpté par Julie, il avait pu voir, sur les murs de la maisonnée, les photos qui racontaient la vie de celui que tous avaient pleuré. Monsieur Roméo était entouré de ses « jobbers » debout sur les pitounes, coiffé d'un grand chapeau. Il avait fière allure et de l'azur plein les yeux. Il y avait du travail pour les hommes en ce temps-là : marcher le terrain pour estimer, borner, bûcher les flancs de montagnes, nettoyer les grands brûlés, mesurer le bois coupé et cordé, replanter pins et sapins. Dans un cadre en rondelles de bouleaux, on commémorait les pêches miraculeuses du dimanche à Ruisseau-Vallée : le géant dépassait tout le monde de deux têtes et tenait à bout de bras douze belles grosses morues suspendues à une corde, sa Paula en tablier à ses côtés. Tout sourire. Il y avait encore les chevaux, le cousin des États qui joue du violon, Julie avec son premier poney, les photos de noces des parents et grands-parents.

Les femmes avaient l'air sévère : boutonnées jusqu'au cou, engoncées dans leur corset, tout de noir vêtues et les cheveux tirés en chignon. À l'image de la reine Victoria. Les temps étaient durs et grande était la misère. On était pauvre, mais fier dans le Bas-du-Fleuve comme dans toutes les régions du Québec. La domination de l'Empire britannique avait laissé des villages appauvris, des habitants qui apprenaient à survivre. Le chemin de la liberté serait long et difficile pour les enfants des pionniers.

Dans les années qui avaient suivi, il y avait pourtant eu de l'ouvrage en masse pour les hommes. Certains gagnaient bien leur vie dans l'exploitation des vastes forêts et la pêche en haute mer était généreuse. Mais l'isolement, le manque d'instruction et finalement le désintéressement successif des gouvernements avaient fait tourner le vent de l'abondance.

Maintenant, les journaux parlaient de la Haute-Gaspésie comme du tiers-monde du Québec. Décrochage scolaire, taux de chômage croissant depuis les derniers trente ans, l'industrie forestière et la pêche en diminution constante, une sorte de léthargie s'était emparée des gens de la côte. On chiffrait aux deux tiers le nombre d'assistés sociaux dans cette région. Depuis dix ans, la situation s'était aggravée sur tout le territoire. On rapportait que l'on y était rendu à la troisième génération de bénéficiaires de la sécurité du revenu. À présent, la pauvreté se cachait derrière les paysages et beaucoup de Gaspésiens se sentaient prisonniers du pays !

C'est à tout cela que Léo réfléchissait en regardant les photos. Des hommes comme Roméo, il en avait vu partout sur le littoral gaspésien, comme des plantes qu'on ne verrait plus jamais, emportées dans le courant d'un autre siècle qui n'avait pas su assurer d'avenir aux descendances de leurs pionniers. Sacrilège.

Miraculeusement, Cap-au-Renard semblait avoir échappé à ces statistiques. Logé entre deux falaises, le village continuait de vivre, le regard projeté vers l'avenir. Les coups durs d'il y a vingt ans — lorsqu'on avait retrouvé, à quelques mois d'intervalle, les corps de Mélodie et de Michel — avaient peut-être eu pour effet de resserrer les liens de la communauté.

Quand il pénétrait à présent dans le village, l'étranger se sentait mystérieusement attiré et n'avait plus qu'une envie, y rester. Se pouvait-il que l'on puisse vivre et mourir en paix en ce coin reculé de la Gaspésie ? Être témoin de la naissance de chaque jour sur le fleuve, et faire partie de cette histoire légendaire que l'on ne racontait plus qu'à mots couverts, mais que l'on sentait présente dans l'air, celle de la rédemption d'un village qui avait connu ses années d'ombre, mais qui aujourd'hui avait retrouvé la sérénité. Mélodie avait-elle insufflé à Marie-Capucine une âme renouvelée pour habiter ces lieux et l'inspirer ? La jeune femme se plaisait à le croire. En effet, quelque chose de mystérieux la liait à cette maison, à ce village comme si elle y était née. Un attachement particulier. Elle avait trouvé dans toutes ces légendes qu'on racontait l'inspiration à son écriture quotidienne.

Quant à Léo, il prenait racine comme malgré lui. Le dicton disait bien « qui prend mari, prend pays » mais pour Léo ce serait « qui prend femme, prend maison aussi ». Jusqu'à l'arrivée de celui-ci, Marie-Capucine vivait seule la plupart du temps. Ses parents, Étienne et Elvire, s'absentaient de plus en plus souvent pour effectuer leurs voyages archéologiques. Ils s'étaient découvert, sur le tard, une passion pour l'étude des civilisations et ils parcouraient les contrées les plus reculées d'Afrique et d'Asie, plusieurs mois par année, grâce à un héritage venu par surprise du côté d'Elvire. Ils avaient vu là un signe pour suivre cet appel du lointain qui les tenaillait depuis l'adolescence.

Par contre, ce que Léo Petit-Pas ne savait pas encore et qu'il allait découvrir au cours de son séjour, c'est que, désormais, il vivrait ici. Fini l'itinérance d'une église à l'autre, la solitude, le lit à une place. Ce village à nul autre pareil, cette chapelle qui donnait une énergie presque miraculeuse, cette jeune femme et le mystère qu'il sentait attaché à elle, feraient en sorte qu'il deviendrait le guide qu'il soupçonnait être, mais qu'il refusait encore d'accueillir en lui.

C'est que Léo avait un don. Rien de magique ou d'ésotérique, mais bien plutôt une capacité extraordinaire de ressentir la souffrance de l'autre et le pouvoir de la soulager. Qu'avait-il perçu à Cap-au-Renard qui le retenait au-delà même du contrat de la chapelle ? Avait-il senti dans l'air le passé douloureux du lieu ? Après toutes ces années, le village ne semblait plus être possédé par les fantômes dont on parlait encore parfois. Mais Léo entendait quelque chose de mystérieux et il acceptait de s'attarder. Il demanda donc à Marie-Capucine s'il pouvait louer une chambre au gîte, pour l'année. Il n'était pas certain de vouloir poursuivre son métier de peintre de lieux sacrés. Il se sentait appelé par le changement, mais n'arrivait pas à le bien voir. Il avait besoin de temps pour réfléchir et il n'avait plus le goût de retourner vivre seul à Marsoui. Ici, à la Maison de Paula, il prendrait quelques mois pour voir venir. En attendant, il lui fallait pour les prochaines semaines rejoindre son équipe afin de terminer le contrat de Trois-Pistoles et, par le fait même, céder sa compagnie à son employé le plus fidèle. Il sentait bien qu'il prenait une décision rapide, qui avait l'air de surgir de manière irréfléchie, mais n'en est-il pas toujours ainsi d'un appel intérieur ? Il avait la nette impression que toutes les églises et toutes les chapelles l'avaient mené ici. Sa vie entière l'attendait depuis longtemps. À Cap-au-Renard.

Pourquoi se retrouve-t-on parfois quelque part, sans trop comprendre ce qu'on est venu y faire ? Peut-être, sans qu'on ne le sache clairement, pourtant on le sent, on le sait, quelqu'un ou quelque chose, nous y a donné rendez-vous. Pour Léo, cet appel passait aussi par l'attirance qu'il commençait à ressentir pour Marie-Capucine. Il avait l'impression de la connaître depuis longtemps, de l'avoir perdue et de la retrouver enfin. Il n'osa pas le dire tout de suite.

Le jour se lève sur la mer. Un foulard de brume translucide se déroule à l'horizon. Un bateau blanc descend son cours. Emportant avec lui des marchandises et des amours de marins, d'hommes esseulés sur la mer pendant des mois. À quoi rêvent-ils ? Qui laissent-ils derrière eux pour parcourir ainsi le monde ? Sur qui se reposent-ils de leur solitude, quand les bateaux accostent deux ou trois jours dans les ports, au bout des océans traversés ? Ainsi réfléchit Léo assis sur la galerie. Il est revenu depuis quelques jours. La Maison de Paula est tranquille. Un seul autre voyageur occupe la chambre rose.

Depuis l'ouverture du Centre d'art de la chapelle et du gîte, les visiteurs s'arrêtaient davantage au village. Mais il fallait avoir entendu parler de l'endroit ou y connaître quelqu'un. Cap-au-Renard demeurait un lieu privilégié. Non pas un endroit touristique. Les habitants le désiraient ainsi. C'était un lieu de ressourcement, où l'on se retrouvait face à soi-même, en contact avec une nature forte, millénaire.

— Léo, viens voir. J'allais chercher des légumes à la cave, mon pied a trébuché sur quelque chose et tu ne peux pas savoir ce que j'ai trouvé. Incroyable !

Marie-Capucine est dans une excitation fébrile. Elle court, devançant Léo, ses cheveux soulevés par le vent frais de cette matinée de septembre. Arrivés à la maison, ils descendent à la cave. Une ampoule vacillante éclaire le sol de terre battue.

— Regarde !

Un trou a été creusé, profond d'un pied. On y a enterré une caissette de tôle. Marie soulève le couvercle à l'aide d'une poignée toute rouillée, à moitié défaite. À l'intérieur, une croix, une bouteille miniature, de vieux linges qui s'effritent à rien… des ossements ? Un Léo fébrile reprend la pelle pour agrandir le trou afin de retirer un coffret qui semble contenir… le squelette d'un bébé ! Ils se regardent complètement chavirés.

Ils remontent à la cuisine et déposent le cercueil d'infortune sur la table. Marie enfile des gants de coton, comme elle a vu ses parents le faire si souvent quand ils s'adonnaient à des fouilles archéologiques sur les terres à fossiles du village de La Martre. Elle indique à Léo comment faire. À l'aide d'une brosse à dents, ils frottent délicatement chacun des ossements.

Le silence s'installe autour de la table, dans la maison, lourd, palpable. Toucher un cercueil impose le respect. Il ne faut pas violer la bière misérable où a été déposé cet ange. Marie-Capucine se sent soudain envahie d'une profonde tristesse, comme si elle avait accès au secret présent dans les restes de cet enfant. Un souffle glacial parcourt son corps.

— Je ne peux pas continuer.

Marie-Capucine abandonne Léo pour aller s'asseoir derrière la maison, face à la mer. Elle reste un moment ainsi, à méditer le cours du temps. D'où venons-nous ? Sommes-nous seuls au monde ou tous reliés les uns aux autres ? Faisons-nous partie d'une histoire en marche depuis la nuit des temps ? Qui sommes-nous ? Qui est cet enfant retrouvé ? D'où lui vient cette impression, parfois, que cette maison est sa croix et sa rédemption ?

Le fleuve en bas roule ses vagues de fracas. Les vents d'automne sifflent dans les pins qui protègent la maison. Marie s'interroge. Cet enfant retrouvé lui dévoile-t-il quelque chose qu'elle ne reconnaît pas encore ? Elle a souvent senti une présence dans cette maison… Elle revient s'asseoir au côté de Léo qui ne pose aucune question, sachant que l'on doit respecter les rivages intérieurs de l'autre. Avec une infinie douceur, il glisse sa main tout le long de son dos. Remonte et redescend. Inlassablement. Elle ferme les yeux, emportée vers une terre nouvelle qui s'appelle l'amour. Il semble que le temps est peut-être venu pour ces deux esprits de se retrouver, de réunir leurs souffles égarés depuis des années entre *le Moulin mort* et *la Maison qui pleure*.

Léo accoste sur le rivage de Marie, découvre sa beauté sauvage, son corps de femme qui n'a jamais cherché l'exil, demeurant sur la falaise pour voir venir celui qu'elle était prête à attendre toute sa vie. Il s'allonge sur elle, enfin. Embrasse ses seins, sa main forte touchant avec délicatesse le coquillage qui entre les cuisses se mouille, emporté par les marées du désir. Il revient à sa bouche pour entrouvrir des lèvres au goût de fraises. Les petits fruits qu'elle a mangés au réveil parfument encore sa bouche et elle s'abandonne encore et encore au frisson qui la parcourt. Il lui murmure qu'il l'aime. Elle enroule autour de lui son corps d'algue et il la soulève dans un tourbillon qui lui donne le vertige. Ils connaissent la communion des corps, deviennent des anges. La prière commune, récitée il y a longtemps lors de leurs rendez-vous dans la chapelle, par leur amour, sera exaucée. Marie-Capucine le dit à Léo de tout son corps vibrant. Léo le répète sans avoir besoin de mots. Mélodie est sûrement là au-dessus des vagues, qui les accompagne, Michel à ses côtés.

Ils dorment tout le reste du jour et toute la nuit encore. Se retrouver les a épuisés. Le lendemain matin, ils vont enterrer sous le chêne le coffret contenant la sépulture de l'enfant. Par ce rituel, Marie-Capucine a l'impression d'enterrer une fois pour toutes la partie inachevée de sa vie. Désormais, elle ne vivra que pour son premier amour. Léo a fabriqué un cœur en bois semblable à celui cloué sur le chêne du jardin, où l'inscription « Minou », peinte en rouge, a presque disparu. Pour l'enfant, on y inscrit : LUMIÈRE.

Mais la mémoire des villages est tenace. Elle dit, par exemple, que le renard passe tous les jours vers dix-sept heures, cherchant un chat ou un nourrisson égaré. Qu'il épie la cour des maisons, puis retourne vers la montagne se cacher. Que le renard n'est pas pressé et sait attendre et saisir le moment propice pour se manifester. Mais dans leur bonheur nouveau, nos amoureux n'ont que faire de tous ces racontars.

Au deuxième matin de leur amour, la journée s'est parée d'une lumière de septembre. Dorée. Ils partent en randonnée. Marie-Capucine prépare le goûter : des œufs durs, des carottes, le pâté de sanglier que ses parents ont rapporté de leur séjour en Auvergne l'été dernier. Et un pain tout chaud de la fournée matinale. Comme elle l'a vu faire par sa mère depuis sa plus tendre enfance, Marie-Capucine a repris les gestes de l'héritage. Celui de faire le pain du jour comme une offrande de gratitude à la terre nourricière. Elle ajoute des noix, des fruits secs, de l'eau fraîche. Léo a préparé les sacs de couchage, les bas de laine, les chandails de rechange, sorti les bâtons de marche.

Les deux pèlerins sont en route. Ils descendent à la grève jusqu'à Ruisseau-Vallée, pour ensuite emprunter le sentier dans la montagne, celui qui domine la mer où l'on voit au loin la Chine, l'Afrique et l'Océanie. Marie-Capucine fait rire Léo avec ses visions lorsque, sac au dos, elle va par monts et merveilles, s'inventant des paysages. En s'enfonçant dans une forêt, en buvant à la source ou en se baignant dans une rivière, elle peut se croire en des contrées jamais visitées qu'elle foule pourtant à grandes enjambées.

— Attention, ne fais pas de bruit.

Léo, qui la précède, a ralenti le pas et s'immobilise.

— Regarde !

Devant eux, un orignal a relevé la tête et les observe. Étant dans le sens contraire du vent la bête ne les a pas senti venir, occupée à brouter un bouquet de jeunes sapinages. Tant de force déployée dans cet animal aux aguets. Pas étonnant que les bûcherons, qui faisaient chantier dans l'exploitation des forêts gaspésiennes, il y a cinquante ans, aient eu des statures de géant. Ils étaient à l'image de la majesté des arbres et des élans de l'Amérique du Nord. La bête, après quelques secondes, a reniflé la présence humaine et déguerpi. Le sol tremble sous les sabots, le vent se lève, il doit faire près de zéro. Coiffés de chaudes tuques et emmitouflés dans leurs polars, les fiancés de la dernière nuit goûtent à leur premier repas champêtre en haute altitude, où l'on peut voir à perte de vue la succession infinie des monts Chic-Chocs, point terminal des Appalaches, dont l'autre extrémité rejoint l'Alabama. Territoire immense où le regard se perd au loin dans les sapins, les épinettes et les bouleaux blancs.

Ils en étaient là, face à leur amour naissant qui déployait son avenir dans la vastitude de l'horizon.

Ensemble, chaque jour de leurs saisons, ils marcheraient ainsi sur de nombreux sentiers de découvertes. Au crépuscule, un refuge les enveloppa dans les bras d'une autre nuit à deux. Perchés comme des oiseaux dans la montagne, ils se sentaient faire partie du grand dessein de Dieu. C'est de cette randonnée que germa le projet des Pèlerins de la Terre, pour l'automne suivant.

On accroche les guirlandes dans le sapin que d'Artagnan et Léo sont allés couper comme au temps de monsieur Roméo. Cette année, comme le gîte est fermé pour l'hiver, les femmes de Cap-au-Renard ont décidé de faire revivre les Noëls d'antan et on s'affaire à préparer le gîte de La Maison de Paula où aura lieu le réveillon organisé par Étienne et Elvire. Rentrés de voyage depuis trois semaines, ils ont décidé d'offrir en cadeau à leur fille et à leurs amis un tour du monde gastronomique : langoustes à la noix de coco de Thaïlande, accompagnées d'un riz basmati à la coriandre. Canard caramélisé à l'ancienne, purée de pois chiches et feuilles de vigne. Cipaille de Gaspésie, crevettes andalouses et *pasta* sicilienne. Sushis. Le tout accompagné des légumes du jardin d'Irène, ceux qu'elle a soigneusement congelés en septembre dernier. Un banquet ! Et bien sûr, il y aura les desserts, nombreux, joyeux, colorés et délicieux.

Dans chacune des maisons, on s'affaire. Julie, en train de mettre la table dans la salle à dîner, s'est arrêtée devant un portrait de sa mère. Il y a tellement longtemps que Paula est morte. Elle était si jeune quand la maladie l'a emportée. Elle se revoit assise dans les marches de l'escalier, sa mère mourante dans la chambre fermée où elle n'avait pas le droit d'entrer. Après, quand tout avait été terminé, elle était restée debout près du corps inanimé, regardant à l'infini cet autre départ dans sa vie. Pour la deuxième fois. Et puis, la mort de Mélodie qui avait suivi…

— Tu pleures, maman ? demande sa fille Jonquille qui s'est approchée.

— Je m'ennuie de mes parents. Surtout le soir de Noël. Tous les enfants du monde sont comme ça, petits ou grands. Viens, ma grande. Et elles rejoignent les autres à la cuisine qui viennent d'arriver.

Léo a sorti le violon de monsieur Roméo. Le sapin vient d'être allumé. On parle tous à la fois, le gros poêle ronronne dans la cuisine et tout là-haut, Roméo est heureux, Paula à ses côtés. Julie en est sûre.

La chapelle est bondée. Ça doit bien faire une dizaine d'années qu'on n'a pas célébré une messe ici pour la nuit de Noël. L'initiative est de Léo et Marie-Capucine. Il était temps de faire revivre les lieux. Tout le village s'est impliqué pour la décorer, faire partie de la chorale dirigée par Irène. Sa longue chevelure est remontée en chignon. Quelques mèches argentées tombent sur ses épaules couvertes du châle brodé que Joconde lui a envoyé du Pérou où elle est en voyage. Présence de sa fille autour de son cou. Elle lève la main pour donner le signal du premier chant, telle une princesse archaïque. « Les anges dans nos campagnes » se fait entendre, et la crèche vivante s'avance en procession au milieu de l'allée centrale.

Même à dix-huit ans Raphaël a fini par se laisser convaincre de personnifier, avec sa sœur, la sainte Famille. Jonquille porte avec précaution la petite de la voisine devenue l'Enfant Jésus. Derrière eux suivent deux adolescents déguisés en anges, qui se poussent du coude en ayant l'air de se trouver trop vieux pour jouer les chérubins, alors que deux autres petits, sages et impressionnés, les accompagnent, tenant serrée dans leurs mains une chandelle allumée. Léo, habillé en Roi mage, ferme la marche.

C'est ainsi qu'à Cap-au-Renard les saisons passent, chacune nourissant de nouveaux souvenirs.

Le printemps arrivé, Léo et Marie-Capucine avaient mis à exécution leur projet d'organiser un voyage pour les personnes âgées qui n'avaient peut-être jamais eu la chance de traverser sur l'autre rive, celle de la Côte-Nord. Un feuillet fut distribué dans les résidences, à l'église et dans les CLSC. On invitait les gens à une rencontre qui aurait lieu à la chapelle, pour une séance d'information sur l'excursion prévue pour le début de septembre. La destination en intéressa plusieurs, car pas moins d'une cinquantaine de personnes, surtout des femmes, se présentèrent à onze heures, un samedi matin du mois de juillet. La perspective de visiter en bateau les îles Mingan et de se rendre jusqu'à Natashquan avait dû réveiller le sens de l'aventure et c'est dans un bourdonnement joyeux que la réunion commença.

Léo, très à l'aise dans son nouveau rôle d'animateur, souhaite la bienvenue à tous et fait circuler un dépliant expliquant le but de cette activité baptisée : Les Pèlerins de la Terre. À travers de petits voyages, ils ont voulu offrir l'occasion de découvrir certaines régions du pays en proposant des lieux propices à la marche et à l'exploration de la nature. Sans compter les nouvelles rencontres et un peu d'exercice. Dans l'assistance, on l'écoute avec attention. Léo sait y faire pour s'adresser aux gens. Sa voix calme donne confiance aux plus inquiets et on le suivrait jusqu'à la Terre de Feu. Marie-Capucine a remarqué que les dames sont sous le charme.

— Je veux maintenant vous présenter ma compagne Marie-Capucine qui vous fera part des détails du voyage.

— Bonjour tout le monde. Je ne serai pas trop longue. Dans une quinzaine de minutes, un petit goûter vous sera servi et vous aurez tout loisir de venir me voir, afin que je puisse répondre à vos questions personnelles. Pour l'instant, le plus important c'est d'être en forme, solides sur vos jambes, car le but de ce voyage c'est que nous redevenions des pèlerins. Comme vous le savez sans doute, ce sont eux qui, au Moyen Âge, parcouraient tous les chemins d'Europe pour se rendre à Saint-Jacques-de-Compostelle. Mais nous avons, nous aussi au Québec, des endroits magnifiques que nous vous proposons de découvrir avec nous. Vous pouvez rassurer vos familles, une infirmière se joindra à nous pour la durée du voyage.

— Mais des pèlerins, comment ça s'habille ? demande une jolie petite grand-mère aux cheveux de neige, avec des yeux verts et vifs.

Marie lui répond qu'il faut d'abord de bons souliers de marche, confortables. Surtout pas des neufs qu'on n'a pas encore « cassés ». Des pantalons, un bon chandail léger, une veste coupe-vent, un chapeau, des gants, un foulard et des verres fumés. L'organisation s'occupera des bâtons de marche. Pas de sac à main, un sac-ceinture ou un sac à dos léger. Conservez le feuillet imprimé, il y a la liste complète des articles que vous devrez apporter, les tarifs, la question des assurances, etc.

L'enthousiasme règne. Alors que l'on continue de jaser tout en prenant une collation, un homme est assis à l'écart, le long du mur. Fin soixantaine, la chevelure abondante et superbe, le visage hâlé et creusé de rides, la prunelle noire.

— Aimeriez-vous un café ? demande Marie-Capucine qui s'est approchée.

L'homme la dévisage sans répondre. Elle réitère sa question. L'homme la scrute toujours, sans dire un mot.

Intimidée par l'insistance du regard, Marie-Capucine esquisse un petit sourire et s'éloigne vers la table du goûter.

Le regard de l'homme se promène. Il y a bien trente ans qu'il n'a pas mis les pieds ici. Le décor de ce sanctuaire est demeuré le même, mis à part le Christ en croix sculpté par monsieur Dumont qui lui rappelle son propre chemin de croix. Ses yeux se remplissent de larmes. Il marmonne à voix basse, un mot, un seul : pardon, pardon, pardon.

Le Renard était de retour.

Après la mort tragique de sa fille, des années d'errance avaient suivi. Jocelyn avait tout tenté pour retrouver Murielle. En quête d'une bouée pour ne pas sombrer, continuant inlassablement de la chercher d'un soir à l'autre, d'un bar à l'autre. Des semaines, des mois, des années à traverser des villes qu'il n'avait pas visitées, buvant dans les mêmes décors de tables, de chaises et de bouteilles. Il n'avait fréquenté aucune autre femme, se contentant de reluquer les jeunes filles qu'il croisait. Il se sentait traqué par Dieu, tenté par le Diable. Le temps des jobines ici et là pour gagner ce qu'il lui fallait pour se loger et boire avait été de courte durée. À peine une dizaine d'années après avoir quitté le Cap-au-Pendu, c'est ainsi qu'il parlait de son village, dans ses délires de taverne, la maladie l'avait forcé à ralentir sa quête incessante dans les établissements de la côte, et vers l'âge de quarante ans, il s'était retrouvé à Montréal. Il dormait alors dans des chambres tristes à quinze dollars la nuit, à condition d'y rentrer tard et de les quitter avant que la clientèle des travailleuses de la rue ne recommence son achalandage, au petit matin. Parfois, il s'en payait une, qui le trouvait touchant et qui lui faisait un prix avec la chambre. Des années floues, dont il n'avait d'autre trace que celle de la souffrance qui sillonnait son visage.

Comme pour lui accorder une dernière chance, le destin, l'avait ramené en sa Gaspésie natale depuis quelque temps et le hasard l'avait mis en présence du feuillet annonçant la réunion de la chapelle. Envoûté, il était revenu dans le village de ses amours et de sa fièvre.

Il est à repenser à tous ses chemins de traverse, quand Marie-Capucine revient et lui tend une brioche et un café brûlant. Le sourire de la fille lui fait l'effet d'un coup de poignard : on dirait Mélodie. Les larmes recommencent. L'homme sanglote comme un enfant.

— Ça ne va pas ? Est-ce que je peux faire quelque chose pour vous ? demande Marie-Capucine.

Va-t-il s'arrêter enfin ? Marie attend. Elle s'interroge sur l'existence de cet homme. Quelque chose en elle s'émeut et s'inquiète tout à la fois et elle ne comprend pas pourquoi. Les gens commencent à quitter la chapelle.

— Avez-vous votre voiture ?

— Non… non, je suis venu avec l'autobus de Cap-Chat. J'habite là.

— Aimeriez-vous rester plus longtemps ? on ira vous reconduire plus tard, mon mari et moi.

— Oh oui, oui, j'aimerais ça. J'aimerais rester plus longtemps. Encore… oui, oui. Merci.

Marie-Capucine le laisse alors à son goûter qu'il n'a pas encore touché, pour rejoindre Léo qui raccompagne les dernières personnes sur le parvis. Tous espèrent se revoir à la prochaine rencontre, dans un mois, pour l'inscription. Un dernier salut de la main et l'autobus s'éloigne.

— Léo, il y a là un monsieur qui semble bouleversé et qui ne voulait pas rentrer tout de suite. Je lui ai offert de le ramener à Cap-Chat un peu plus tard.

Le Renard les regarde s'approcher, son cœur battant à tout rompre et les mains gelées.

On sut plus tard qu'un vent glacial s'était engouffré d'un coup dans l'enceinte et que les portes de la chapelle s'étaient fermées avec fracas. Les vitres avaient tremblé et la lampe du sanctuaire, vacillé. Le passé était ainsi réapparu. Mélodie s'était manifestée croyant empêcher l'animal d'entrer. Mais il était déjà trop tard, la ruse de la pitié avait fait son œuvre.

Des arbres s'étaient cassés, la falaise tout entière s'était tordue. La nuit avait paru interminable. L'été enfui. La mer noire lâchait bruyamment ses vagues sur les galets. Les lys tigrés frémissaient dans l'air salin. Un goéland à l'aile blessée était venu se percher sur le rebord de la fenêtre.

Dans la maison de la falaise tout avait semblé tranquille, mais le Renard veillait, l'œil humide, les pattes brûlantes.

DEUXIÈME PARTIE

LE RENARD

Ce matin, une brume épaisse, opaque s'accroche au village. On ne distingue ni la mer ni le ciel. Le nordet souffle, froid, mouillé. On est pourtant en juillet. Les glaciations millénaires qui ont recouvert la région ont laissé leur empreinte. Partout dans la roche des falaises, on peut lire l'inscription du temps passé, les rides, porteuses d'histoire et de légendes.

Les Indiens campaient ici, en ces terres qui longent le fleuve. Au village voisin de La Martre, on fait des fouilles archéologiques depuis quelques années. Le sentier aménagé nous permet d'en apprendre beaucoup sur la vie de ces Amérindiens plano, qui ont laissé derrière eux des traces datant de 8000 ans avant aujourd'hui : des pointes de flèches, des haches, des ossements, de menus objets qui témoignent de leur présence en cette contrée sauvage.

La Gaspésie sommeille en ce début du jour, comme au commencement du monde. Un homme est arrivé hier à Cap-au-Renard, surgissant du brouillard, venant de nulle part. Est-ce un quêteux, comme dans l'ancien temps, quand ces hommes d'itinérance parcouraient les campagnes pour le gîte et la pitance ? Est-ce un revenant du village ? Léo et Marie-Capucine se sont bien questionnés. Il n'est pas mal vêtu. Il a peu parlé pendant le souper. Comme la brume était revenue et qu'il était imprudent de prendre la route, ils l'ont gardé à coucher en l'assurant de le ramener à la Résidence des Lilas, à Cap-Chat, où, dit-il, il réside depuis cinq ans.

Il vient de s'éveiller celui que la légende du village appellera bientôt le Renard. Il scrute la chambre. Ne la reconnaît pas tout à fait. Des effluves lointains lui parviennent. Il referme les yeux. D'un coup, le passé a surgi. Brutal. La gifle de Murielle qui refuse d'être touchée. Ses lèvres en tremblent encore dans le souvenir qui l'étreint. Ses seins, chauds et pleins frissonnent sous la dentelle noire du jupon qui tombe, rideau voluptueux, sur ce corps qui le rejette.

— Viens icitte, ma tabarnac !

— Plus jamais, maudit chien sale. Tu pues.

Et sa déesse venimeuse serpente, s'éloigne en s'accrochant à la commode, et puis la porte se referme. Encore une fois.

Le Renard rouvre les yeux. Rien n'a bougé dans la chambre des amours. Tout est immobile. Les murs ne renvoient plus l'écho des cris, des larmes, des supplications et des refus, mais le tumulte persiste à l'intérieur de l'homme. La culpabilité gronde en lui, venue d'hier, mais aussi pesante aujourd'hui. Il se lève, s'attarde devant le miroir de la commode. Il a vieilli mais son corps se tient toujours, fier, orgueilleux. La flamme de son regard veille sous la paupière alourdie. Il passe sa main large dans la chevelure roux argenté qu'il a toujours abondante. Jocelyn a été un bel homme et il l'est demeuré. Le désespoir d'hier a fait place à la ruse. Celle de retrouver sa tanière désertée. Le prédateur est bien de retour. Mais que pourrait-il vouloir chasser à son âge ?

Des soupirs proviennent du grenier. Un lit craque, une femme gémit de plaisir. Cette volupté lui traverse le cœur. S'empare de tout son être. Il devient comme fou. Jaloux. Une bête. Son corps se tend, son sexe se dresse. Il n'est plus l'homme vulnérable d'hier. Il a vingt ans. Lui viennent une force et des désirs insoupçonnés. Il s'aventure et ose monter là-haut. Il reconnaît tout à présent. L'appel de la nuit, de la chambre, le chant nocturne de Mélodie. Elle l'attend. Pour lui offrir son corps si blanc, sa bouche de fraise. Elle lui soufflera des mots d'amour qui sauront faire chavirer le chagrin. Sa princesse, sa poupée, son chaton, sa bouée.

Il s'est arrêté. Aucun bruit. Le gémissement de la femme s'est tu. Il se tient aux aguets, derrière la porte du passé. Soudain un rire, des draps froissés. On marche dans la chambre. Il se précipite dans l'escalier. Vif et silencieux. Laissant peut-être au passage, dans l'air, l'éclair d'un tison.

Radieuse, Marie-Capucine prépare le déjeuner pendant que Léo, les cheveux ébouriffés, commence un feu dans le poêle. Décidément, cette année, juillet enveloppe tout dans son humidité. Elle fredonne une chanson tout en disposant les nombreux pots de confiture, qu'elle assemble sur la table en forme d'étoile. Une odeur de crêpes parfume la maison.

Léo jette un coup d'œil par la fenêtre. Imperceptiblement, la brume, au ralenti, se dissipe. On apercevra la mer dans une heure. Peut-être. Les petits sapinages qui bordent la falaise oscillent doucement, accompagnés par le bruit des vagues, si lointaines ce matin. Lorsqu'on ne voit pas la mer, sa voix nous parvient comme une complainte d'un autre continent. Passant derrière Marie-Capucine, Léo vole un baiser au cou de sa douce.

— Qu'est-ce que tu fais à matin ?

— Pendant que tu donneras ton cours de peinture à la chapelle, j'irai reconduire monsieur Beauregard à Cap-Chat. J'en profiterai pour acheter de la morue pour ce soir et passer voir…

Le Renard écoute. Épie. Il a faim. De quelque chose. Qui le tenaille depuis qu'il s'est couché hier soir et qu'il a retrouvé au réveil. Cela l'obsède. Monter là-haut. S'y coucher et s'y perdre. Y mourir une dernière fois.

Le brouillard qui l'a retenu ici dissimule son vrai visage. En déjeunant, il raconte venir de la rive nord du fleuve. Qu'il a été pêcheur, puis capitaine du traversier de Pointe-au-Père. Un deuxième mariage avec une femme native de Cap-Chat, quelques années à Montréal, pour finalement, après la mort de sa femme, revenir sur la péninsule gaspésienne. C'est pour ça qu'il pleurait hier. Tant de souvenirs. Un fils unique parti vivre aux États… L'animal est rusé. Il parle bien. Il s'invente une autre vie. Il raconte sa Gaspésie, il ment, il se croit, il s'emballe. Il leur chante même une chanson à boire. Boire ?

— Vous auriez pas un p'tit remontant ? À mon âge, c'est permis !

Marie-Capucine sourit de le voir tout raplombé. Trois doigts de whisky dans le café noir, deux crêpes gonflées et arrosées de sirop d'érable, le Renard mange avec appétit. Une faim insatiable, nerveuse. Il mange vite, il dévore. Il commence une phrase, la laisse en suspens, prend une bouchée, une gorgée de café brûlant. Sa langue claque. Il en redemande.

— Un autre p'tit doigt de whisky ?

En voulant le resservir, Marie-Capucine a échappé la bouteille. Une mare rousse se répand sur le plancher, laissant présager un autre malheur. Le Renard s'empresse de l'aider à éponger le dégât. Puis, Léo doit partir.

— Bon, moi je vais y aller. Les élèves doivent m'attendre. Au revoir, monsieur Beauregard. Pensez-y ! Vous seriez un bon candidat pour notre voyage !

Léo embrasse Marie, la tient tout contre lui.

— Vous partez tout de suite, hein ?

— Oui, Léo, dans la minute.

Le Renard les regarde, fasciné. Comment retrouver cette jeunesse ? Où puiser l'énergie nouvelle d'aimer ? Il s'attendrit malgré lui. Quelque chose en son être se chamaille. Il veut fuir cette envie qu'il a de voler, de violer cette jeunesse au cou de fée. Car l'alcool vient de réveiller le prédateur, tapi dans l'ombre. Léo est parti.

— Monsieur Beauregard, si vous êtes prêt, je vais aller vous reconduire.

Elle se retourne vers celui qui la dévisage. Sérieux. Sévère même. Marie-Capucine se sent envahie par un malaise. Un sentiment d'étouffement. Elle vacille, en perte d'équilibre. Au moment où elle va tomber, le Renard, prompt, la rattrape. Il la tient dans ses bras pendant qu'elle tourne de l'œil et s'évanouit. D'un pas cérémonieux, il la transporte au grenier, franchissant le seuil défendu.

Il la dépose sur le lit. Se jette à genoux. Une poupée le regarde.

Une musique de Mozart, toute en volutes et vrilles, envahit la chapelle. Les enfants absorbés dans la fresque à peindre, les mains tachées de couleurs, hochent la tête en suivant la mesure. Léo se promène parmi eux, se penche, assurant le coup de pinceau incertain de l'un, répondant à l'interrogation d'un autre. Le thème de cette semaine : « La vie après la mort », proposé par une fillette qui vient de perdre son chat et qui se demande où vont les animaux qui nous quittent. Tous les enfants, qui ont entre quatre et dix ans, ont été très enthousiastes devant la proposition du thème. Sur l'immense papier, monté sur un cadre grand comme un mur, chacun s'affaire avec une boîte de gouache et des pinceaux. Si on entendait voler un papillon, ses ailes battraient au tempo de la *Flûte Enchantée*, la musique préférée de ces petits peintres du dimanche.

La messe à la chapelle aura lieu à midi trente après l'atelier de peinture. Les parents et les paroissiens pourront alors admirer la fresque, véritable attraction de la célébration dominicale. Pour l'instant, la petite au minou disparu s'applique à peindre trois chats. Le premier, noiraud, se roule dans l'herbe verte ; le second, tout blanc, est suspendu dans le ciel et porte à son cou une écharpe qui flotte au vent.

— Léo, peux-tu venir m'aider à écrire sur le foulard ?

Le professeur s'approche.

— Je veux qu'on écrive AMOUR.

Léo aide la menotte de la fillette à tracer les lettres du mot. AMOUR. Satisfaite, elle se concentre maintenant sur son troisième chat. Celui-ci, tout frisotté, comiquement étiré entre les deux autres, les bras en croix, tient une branche dans une de ses pattes avant, comme s'il battait la mesure.

— Qu'est-ce qu'il fait, ton chat ? questionne Léo.

— Il fait la circulation des chats entre le ciel et la terre. C'est pour que les chats qui meurent ne soient pas perdus et sachent où aller. Celui d'en haut attend celui d'en bas. Tu comprends ?

Léo sourit. Tout est si merveilleusement simple pour eux. La franche naïveté se perd avec l'âge, les déceptions et les coups durs.

— Ton Noiraud doit être heureux à présent ?

— Ben oui, ses amis Blandine et Frisous l'attendaient ! dit-elle comme si c'était une évidence, en parlant de ses chats.

Et l'enfant se penche à nouveau sur son pinceau, absorbée par une vision qui n'appartient qu'à elle. Les autres font de même, dessinant des grands-pères aux cheveux blancs qui semblent danser dans le ciel ou encore un oiseau tombé du nid, les pattes raides et une main géante qui vient le cueillir. On voit aussi des nuages, des vagues, des soleils, un bateau qui va sombrer et une corde venue du ciel qui le tire, happé par une étoile jaune. Face à la mort, l'enfance parle sans détour, croit en la Providence et la vie après la vie.

La brume se répand à nouveau. Le repas terminé, les enfants se lavent les mains et l'on se prépare pour la messe. Qui sonnera la cloche ? À qui le tour ? Léo dit de choisir un nombre de un jusqu'à dix. C'est Émilie qui gagne. Elle se lève en secouant ses longues tresses rousses et suit Léo. La cloche sonne et résonne. Les paroissiens arrivent par petits groupes, quelques adolescents traînant derrière.

La fresque multicolore des enfants a été placée à gauche de la nef. Elle projette sa lumière arc-en-ciel dans une chapelle à présent silencieuse. Ce dimanche, la parole de l'Évangile parle d'aimer son prochain comme soi-même. L'homme de Dieu sait trouver les mots pour faire résonner, dans la vie d'aujourd'hui, des préceptes vieux de deux mille ans. Il demande : qu'est-ce que Jésus a voulu dire, quand il nous a demandé d'aimer notre prochain ? Qui aujourd'hui est notre prochain ? Il fait alors le parallèle entre la parabole du jour et la vie quotidienne. Il est facile d'aimer, de pardonner, de tendre la main à un membre de sa famille ou à un ami. Mais sommes-nous capables de pardonner à celui qui nous a blessés, à celui qui a parlé en mal de nous, à celui qui nous a calomniés ? Toute la parole de Dieu, dans sa mission d'amour, se retrouve là, dans cette simple, mais oh ! combien difficile exigence d'aimer inconditionnellement. Cette règle de vie dépasse même toute religion. Elle est la source, la racine même de la paix sur la terre : être capable de pardonner. Les hommes, les femmes et les enfants rassemblés écoutent. Ils s'interrogent. Sont-ils capables de cette compassion, de cette générosité dans l'amour ?

Depuis le début de l'office, Léo tourne la tête vers la porte, surpris que Marie-Capucine ne soit pas revenue à temps de Cap-Chat. Elle aura sans doute décidé de rester à manger à la Résidence des Lilas ou de laisser s'évanouir le banc de brouillard qui court depuis la fin de l'avant-midi. Après la communion et la dernière bénédiction, les gens se retrouvent sur le parvis à se souhaiter un beau dimanche malgré ce temps qui annonce la pluie.

— À la semaine prochaine, les enfants.

Les bonjours à Léo fusent, joyeux. N'ayant pas encore d'enfants — en aura-t-il un jour ? — une grande joie lui vient quand il offre aux enfants de Cap-au-Renard la chance d'accéder au monde intérieur de la création. Léo n'aurait jamais pu imaginer, il y a quelques années, alors qu'il était suspendu à la coque des églises, un pinceau à la main, que l'avenir allait lui donner pour peindre une chapelle remplie d'enfants.

Léo referme les portes et se dirige vers la maison. Tiens ! la voiture est là. Marie est rentrée.

— Marie ? La maison silencieuse ne répond pas.

— Marie-Capucine ?

D'un coup d'œil, il ne la voit ni au salon ni à la cuisine. Il se dirige vers la fenêtre du nord, elle n'est pas sur la véranda non plus.

— Marie ?

Il monte à la chambre. La porte est fermée. Il ouvre et il la découvre sur le lit, les yeux grands ouverts.

— Marie ?

Il s'approche. D'un bond, elle s'assoit, les yeux hagards, la bouche ouverte, incapable de prononcer un mot. Elle semble étouffer, respirant à grande peine.

— Qu'est-ce qu'il y a ? Léo la secoue, la presse de questions.

— Où est monsieur Beauregard ? Es-tu allé le reconduire ? Réponds-moi.

La bouche reste muette. La jeune femme semble en état de choc. Visiblement, elle ne comprend pas ce qui lui arrive, ce qui a pu se passer. Léo la serre dans ses bras, tente de la rassurer et de calmer le corps qui tremble tout contre lui. Il l'aide à s'étendre à nouveau, prend ses mains entre les siennes.

— Respire. Doucement. Prends ton temps. Peut-être as-tu fait un cauchemar ?

Elle le regarde. Peu à peu, l'angoisse quitte son visage. Sa poitrine se soulève à intervalles plus réguliers et s'apaise au contact des mains qui la bercent. Finalement calmée, mais n'arrivant toujours pas à articuler quelque parole, elle fait signe à Léo de lui apporter de quoi écrire :

? cuisine avec Beauregard malaise évanouir rappelle de rien réveiller où Beauregard ?

— Tu n'es pas allée le reconduire ? Elle fait signe que non.

Elle agite ses doigts devant sa bouche signifiant à Léo qu'elle ne comprend pas pourquoi elle n'arrive plus à parler. Perplexe, il vient s'étendre à côté d'elle, la loge au creux de son épaule, l'entoure de ses bras. Il va prendre le temps d'éclaircir le mystère…

Le brouillard s'accroche sur toute la côte depuis trois jours. Depuis dimanche. Marie-Capucine s'est allongée sur le divan du salon. Léo vient de quitter pour Cap-Chat. Il en aura le cœur net. Une fois pour toutes. Il se rend en personne à la Résidence des Lilas. Au téléphone, on lui a dit qu'il n'y avait aucun pensionnaire du nom de monsieur Beauregard. Il a eu beau le décrire, raconter des bribes de son histoire, personne là-bas n'a pu le renseigner. Le mystère demeure entier. Marie a retrouvé la parole, mais parle peu. Chaque mot qui sort de sa bouche lui demande un effort. Lasse, abattue, elle ne se reconnaît plus. Vidée de son sang, de son énergie, pâle et quasi muette. Elle se revoit toujours dans la cuisine en présence de cet homme, cet étranger. Puis, plus rien. Elle ne se rappelle de rien. Depuis, la nuit, elle est réveillée par des pas qui montent à la chambre. Elle ouvre les yeux, mais personne n'est à l'épier dans le noir. Léo dort paisiblement à son flanc. Elle se colle à lui. La présence familière et aimée la rassure et elle s'endort jusqu'au petit matin.

Depuis l'événement, elle ne peut rester seule au grenier. Une sensation inconfortable l'étreint. Un danger invisible rôde. Tout son être le perçoit. Elle n'a pas envie de sortir, une léthargie la retient au-dedans. Elle passe des heures ainsi, étendue sur le divan du salon à compter les lattes du plafond. En silence. Léo ne la bouscule pas, la sentant très fragile. Il voit bien qu'elle a reçu un choc, mais lequel enfin ? Il a consulté leur voisine Irène qui lui a conseillé de laisser passer un peu de temps. Il est aussi de cet avis. Ne pas la presser, la laisser revenir à elle. Car c'est bien là le mystère. Marie-Capucine ne s'appartient plus. Elle est une autre. Silencieuse, tourmentée, elle ne veut plus aller nulle part. Même les démarches de Léo, depuis dimanche, pour retrouver l'étranger venu à la chapelle et qui disait s'appeler Beauregard ne l'intéressent guère. Lorsque Léo aborde le sujet, elle devient même nerveuse.

Sans le savoir, Marie-Capucine navigue dans les eaux tumultueuses d'un passé qu'elle ne reconnaît pas, mais dont la rumeur villageoise lui parvient. Elle est prise dans un remous. Son corps, lui, se souvient. Qu'il était emporté dans la spirale, la descente vertigineuse au centre de la nuit noire et que personne n'entendait ses cris muets. Dans le silence de la maison, elle demeure toujours allongée sur le divan du salon. Par moments, son corps se contracte. Aux aguets. Des pas qui montent. Elle soulève la tête et regarde vers l'escalier. Non. Personne. Lourde, sa tête retombe. Elle a froid. Parcourue de frissons, elle glisse sur son corps le châle frangé que sa voisine Julie lui a tricoté. Regarde par la fenêtre du nord. La brume sournoise encercle la maison. Elle pense à ses parents, Étienne et Elvire, partis pour les quatre prochains mois avec un regroupement de personnes à la retraite appelé « Retraités sans frontières », pour réaliser un projet en Équateur : mettre sur pied, à deux heures de route de Quito, une culture d'herbes médicinales. Partira-t-elle aussi un jour, comme eux, vers des contrées encore sauvages ? Il lui semble que sa vie doit se déployer en ce village où son amour et une chapelle ont besoin d'elle. Mais quelque chose de nébuleux l'enveloppe qu'elle n'arrive toujours pas à identifier. Dès qu'elle ferme les yeux, des tisons apparaissent. Ce sont les yeux d'un renard. Deux fentes d'où il guette sournoisement le passage de sa proie.

Les éoliennes, qui s'élèvent dans la montagne, ressemblent à des libellules géantes posées dans la municipalité qui jouit des vents les plus forts de la côte. L'implantation de soixante-seize éoliennes dans le Parc Le Nordais assure tous les besoins électriques de Cap-Chat. Léo trouve la vision surréaliste quand, au détour de la route, ces grandes hélices surgissent, tournoyant sans fin, d'une saison à l'autre.

La Résidence des Lilas, voisine de l'église, c'est la nouvelle vocation de l'ancien presbytère. Vaste maison blanche, aux volets lilas, entourée d'une galerie couverte sur trois côtés, elle offre sa prestance victorienne aux grands vents de la mer. Les chambres y sont spacieuses et la cuisine savoureuse. Les gens d'ici et des alentours se trouvent chanceux d'y résider. Vingt-trois pensionnaires, en majorité des femmes. On a fait asseoir Léo au petit salon adjacent à l'entrée pour attendre la responsable de la Résidence. Sur les murs, des photos des pensionnaires de la maison. Sur la table à café, de grands albums. Léo en ouvre un.

« *À Jeanette qui nous a quittés. Une femme aimée* », des photos accompagnées de dessins d'enfant, une mèche de cheveux… Un album de vie à la mémoire d'une grand-maman. Touchant. Sur l'une des photos, Léo remarque à l'arrière-plan…

— Bonjour, monsieur Petit-Pas, nous attendions votre visite.

Léo dépose l'album pour serrer la main d'une femme dans la quarantaine. La manière dont elle l'invite à s'asseoir indique qu'elle a visiblement le tempérament d'une organisatrice. Impeccablement vêtue, souriante, elle félicite d'abord Léo pour cette initiative des Pèlerins de la Terre, lui mentionnant que les échos qu'elle a reçus de certains de ses pensionnaires étaient plus que favorables. Justement, un monsieur qui vient de reconnaître Léo s'arrête et vient lui serrer la main.

— Bonjour, bonjour, venez-vous faire votre recrutement ? Ah ! moi, je veux bien y aller, mais ma femme est pas encore décidée. Mais… j'la travaille, j'la travaille.

Et il s'en va d'un petit salut de tête comique, solide sur ses jambes, joyeux, comme le jeune homme qu'il a été et qu'il demeure au-dedans de lui.

— Ainsi, vous cherchez un monsieur Beauregard ?

Léo raconte à nouveau la rencontre de cet homme à la séance d'information de la chapelle.

— Il nous a dit qu'il vivait ici.

La responsable semble perplexe.

— Comme je vous l'ai mentionné au téléphone il y a quelques jours, nous n'avons aucun résident de ce nom.

Léo ouvre alors l'album qu'il a feuilleté et demande qui est cet homme sur l'une des photos. Il croit le reconnaître.

— Ah ! nous avons pris cette photo à l'occasion du quinzième anniversaire de résidence parmi nous de madame Jeanette. C'était l'année dernière, quelques mois avant son décès. Et derrière elle, c'est monsieur Marin, un de nos pensionnaires qui était très proche d'elle et qui nous a quittés peu de temps après.

— Vous voulez dire qu'il est décédé lui aussi ?

— Non, non, parti, sans laisser de traces, sans donner aucune nouvelles depuis. Bizarre d'ailleurs. On ne lui connaissait pas de famille, jamais de visite.

— Monsieur Marin ?

— Jocelyn Marin, natif de Maria, je crois.

— Vous n'en savez pas plus sur lui ?

C'était un homme peu bavard sur son passé. Il avait été placé chez nous par les services sociaux. Apparemment, il désirait revenir en Gaspésie après un séjour de plusieurs années à Montréal où il aurait eu une vie difficile… Enfin, il est souvent impossible de connaître toute la vérité. Quelqu'un s'occupait de payer ses frais de résidence, mais, entre nous, on préfère qu'il soit parti.

Elle baissa la voix, pour ajouter en confidence qu'il buvait dans sa chambre, ce qui n'était pas permis et que, parfois, il levait le ton. Il ne se mêlait que rarement aux autres, préférant manger dans sa chambre ou dans celle de madame Jeanette. Taciturne. Voilà le mot qu'elle cherchait depuis tout à l'heure. Et puis… elle baissa la voix encore davantage, son corps penché en avant…

— Il y aurait eu des histoires… comment dire…

Elle devint mal à l'aise, essayant de trouver ses mots. Puis, elle s'arrêta net de parler, réalisant qu'elle s'apprêtait à faire une confidence qu'elle pourrait regretter. Elle ne connaissait son interlocuteur que depuis quelques minutes à peine. Peut-être était-ce un inspecteur des services de santé ? Et si c'était un membre de la famille de l'un de ses pensionnaires ou pire, le fils où le gendre de ce supposé monsieur Beauregard qui semblait s'être volatilisé ?

— Pardonnez-moi, monsieur Petit-Pas, mais quel est votre lien avec lui ?

— Aucun lien personnel. Comme je vous l'ai mentionné, il est venu à la séance d'information des Pèlerins de la Terre, et nous aimerions le retracer car il est parti si subitement…

Léo s'arrêta de parler à son tour. Chacun gardait ses révélations.

— J'ai bien peur, cher monsieur, de ne pas pouvoir vous aider davantage.

La femme agitait nerveusement les doigts de sa main gauche, signalant à son visiteur que la rencontre avait assez duré. Léo prit congé en la remerciant et en prenant note des coordonnées des services sociaux au cas où il aurait à poursuivre ses recherches pour retrouver l'inconnu.

Dehors, le soleil resplendissait. L'horizon enfin dégagé donnait de l'espoir. Léo se sentit tout d'un coup moins coupable d'avoir laissé sa Marie avec l'étranger. Il était maintenant libéré de la tension des derniers jours et une vision nouvelle de la situation s'offrit à lui. Une voix intérieure lui signifiait qu'il fallait laisser les événements se dénouer d'eux-mêmes et surtout ne pas tenter d'intervenir. Cet homme porteur d'un mystère reviendrait sur les lieux qu'il avait fuis. Léo en était persuadé. Son instinct le lui confirmait par cet abandon qu'il sentait, à présent, l'envahir. Il reprit la route, l'esprit libre, le regard allégé.

L'épaisse vague de brume s'était d'ailleurs enfin évanouie. La route sinueuse offrait ses falaises escarpées, escortées d'épilobes. Léo prenait son temps. Il s'était entendu avec Irène pour qu'elle vienne tenir compagnie à Marie-Capucine. Il laissa sa pensée vagabonde aller, puis revenir au fil des paysages qui surgissaient devant lui. Les maisonnées de bardeaux aux couleurs délavées ou fraîchement repeintes montaient toujours la garde sur la mer. C'était pour les quelques pêcheurs qui, au loin, restaient encore et qui ramèneraient dans la matinée ou à la brunante, le crabe, la crevette, la morue ou de bons gros homards à la chair rose et tendre.

Le motel semble déserté. Le brouillard des derniers jours a dû faire fuir tous les voyageurs. Aucune voiture dans les espaces de stationnement en face des portes orange. L'une d'entre elles est ouverte. Le soleil, qui vient de dévoiler son visage, traverse d'un trait lumineux le linoléum de la chambre. En travers du lit, le Renard est allongé. La brise humide et fraîche du barachois pénètre par la fenêtre. Les bras au duvet roux et blanc sont repliés sous la nuque, l'homme respire calmement. Sous le drap, son corps s'est soulagé une autre fois. Dans sa tête, une jeune fille sort de l'eau, blanche, filiforme, aérienne. Une libellule de mer. S'envole. Il fait chaud. Encore plus chaud dans l'air que dans la fournaise de son corps affamé. Plus brûlant que dans le puits sans fond de son cœur. Il se lève. Dans l'embrasure de la porte, la main au-dessus des yeux, il observe la mer. Un miroir aveuglant. Un voilier d'eiders frôle une eau d'acier et s'éloigne vers le nord, laissant les femelles à couver entre elles. Voyageurs infatigables, ils viennent et repartent. Propulsés en avant. Au loin.

Et lui ? Qu'est-ce qui le pousse ? Il est parti il y a si longtemps. Affligé d'une plaie béante, jamais cicatrisée. Il a erré, voyagé, tenté d'oublier. Comme un assassin qui revient sur les lieux de son crime, il a pénétré dans la maison abandonnée, a reniflé le nid déserté. Il a vu que depuis son départ, la vie avait repris, plus douce. La lumière a blanchi les murs, et traversé les bardeaux du souvenir. Il en a été ému, brisé dans l'âme. Lui qui se croyait à l'abri des sentiments, ayant trop souffert, si usé, a senti la roche de son cœur éclater. D'un coup brutal. Des larmes invisibles ont déboulé, suintant de toutes les parois de son être. Quand il s'est agenouillé aux pieds de cette jeune femme, couchée dans le lieu même où il avait tant de fois hurlé sur le corps de sa propre fille, ses mains sont demeurées immobiles, se sont consumées. En cendres, on aurait dit. Il était demeuré sans bouger à contempler la vie, lui qui jadis avait en quelque sorte provoqué la mort. Ainsi pensait-il.

C'est alors que la jeune femme s'était évanouie,

comme si elle avait craint le pire. Devenir inconsciente avait été sa seule façon de s'échapper. Le Renard ne l'avait pas touchée. Que regardée. Pris malgré lui dans cette soif douloureuse et contre laquelle il ne pouvait rien. Pour laquelle il se rongeait de culpabilité. Il avait franchi la frontière, il y a vingt ans, et souillé le corps sacré de son enfant et, encore cette fois-ci, avec Marie-Capucine, il avait voulu se punir, en répétant l'acte sacrilège. Pourtant, il n'avait pas osé. Son obsession venait du fait qu'il résistait. Cela n'avait fait qu'augmenter l'ensorcellement. Sa misère. Sa déchéance.

À genoux devant Marie-Capucine, le Renard avait prié. En hurlant le nom de Dieu. Le tenant comme seul responsable de son malheur. CHRIST ! CHRIST ! CHRIST ! Les mains nouées de sanglots, implorant d'être pardonné, épargné. Elle était demeurée toujours immobile, frissonnante et lointaine. Finalement il s'était poussé de cette chambre, de la maison. Traversant, comme s'il avait été poignardé, la brume du village. Il avait rejoint la grève, marché, marché, marché jusqu'au soir. Les pieds enflés, la peau mouillée de sueur et de sel, le poil hérissé, les yeux brûlants, il s'était retrouvé dans ce motel du bord de la route à une quinzaine de kilomètres du maudit village.

Il n'avait rien mangé le premier jour, dormant sans peine seize heures d'affilée. Le lendemain, il s'était risqué à sortir dehors, allant au dépanneur s'acheter des biscuits, des cigarettes et de la bière. Depuis, il avait bu raisonnablement. Il connaissait son puits, il contrôlait, faisait attention. Son chèque d'assistance sociale ne ferait pas long feu, il le savait. Maintenant, qu'allait-il faire ? Un appel incessant lui revenait en tête… retourner à

Cap-au-Renard, retourner à Cap-au-Renard... Il se décida, prit une douche, paya la chambre, demanda qu'on appelle un taxi. Il se sentait prêt à affronter les fantômes de sa vie.

La marée remonte, incessante, ponctuelle. Irène soutient Marie-Capucine, encore incertaine sur ses jambes, la guidant entre les rochers aux aspérités pointues, les silex surgissant hors de l'eau. Les nombreuses heures passées couchées depuis trois jours l'ont affaiblie. Au contact de l'eau presque glacée, elle reprend vigueur. Elles avancent à contre-courant, retrouvant l'ivresse de l'eau, de l'horizon marin, du vent chaud qui dépose, en leur chevelure, ses sels et ses embruns. Irène, en maillot rouge, se penche pour éloigner une algue. Ses cheveux d'argent s'enroulent autour de ses seins, de ses bras. On dirait une sirène nordique surgie des eaux polaires, la peau parcourue de frissons. Plus elles s'aventurent dans la mer montante, plus elles crient, mêlant leurs rires et leur courage à rester encore un peu. Encore un peu. Au large, un voilier qui semble minuscule disparaît par intervalles, selon le mouvement de la lumière changeante sur la mer. Après quelques minutes seulement, elles sortent ruisselantes et glacées, assouvies et se couchent sur de grandes serviettes jaunes.

Allongées sur le dos, elles contemplent le ciel qui fuit vers l'est gorgé de moutons blancs.

— Mon Dieu, Irène, que ça fait du bien ! Tu as eu raison d'insister, je me sens revivre.

Elles restent ainsi, longtemps, à observer les mouvements du ciel. Marie-Capucine s'endort. Comme un coquillage venu d'une mer lointaine, échoué sur la côte. Irène la laisse se reposer, déposant sur sa peau asséchée un foulard de soie. Une aile pervenche pour la protéger du soleil. Elle s'éloigne, pieds nus sur les galets, à la recherche des trésors qu'elle cueille depuis toujours, comme Paula l'a fait avant elle et comme l'ont fait aussi sa fille Joconde et Julie et Mélodie et Marie-Capucine. Pour toutes ces femmes de la mer, la grève de Cap-au-Renard avait été comme un lien avec l'éternité.

— Ma-rie… Irèèène…

Léo, du haut du cap, leur envoie la main. Il vient de rentrer. Le soleil commence à décliner. Elles remontent par le sentier de fleurs sauvages qui embaument l'air de leurs parfums sucrés. Le baptême de Marie-Capucine dans l'eau de mer l'a remise au monde et c'est une femme renouvelée que Léo voit s'avancer vers lui. Souriante, des taches de soleil éclaboussées sur le nez, les épaules couvertes de minuscules particules scintillantes.

— Mon amour.

— Ça va mieux.

Irène s'éloigne et ils repartent enlacés, laissant dans leur sillage des parfums d'été.

Le ballon rouge du soleil danse sur la barre de l'horizon. Assis sur la véranda, Léo raconte à Marie-Capucine sa visite à Cap-Chat. Elle écoute, attentive. Il s'agirait d'un monsieur Jocelyn Marin. Elle demeure perplexe. N'arrive pas à nommer exactement ce qui a pu se passer. Heureusement, la baignade et le temps passé sur la grève l'ont ranimée, lavée en quelque sorte d'un malaise qui s'accrochait à elle.

D'un mouvement leste, au coin de la maison, le voilà justement ! Il s'avance vers eux, l'œil mouillé, le sourire crispé.

— Me voilà !

Le Renard tend sa main d'étoile de mer, tachetée par les années. Léo lui offre à boire. L'autre hésite, puis accepte, mais refuse de s'asseoir. Il reste debout, face à la mer, dos au mur de la maison, comme pour mieux saisir le sens de son retour ici. La deuxième fois en trois jours. Va-t-il mentir encore ? Marie le scrute. Léo revient de la cuisine avec un verre de vin, le lui tend.

— Alors Jocelyn, monsieur Marin, quel grand vent vous ramène ?

Le Renard reste interloqué. Il venait pour s'asseoir, il s'est arrêté. Son regard sournois se transforme en inquiétude. Il se sent piégé. On connaît son nom ? Pourtant, Léo, très calme, continue de regarder la mer. Marie, elle, ne le lâche pas des yeux. Elle a les nerfs à vif. Et une perception aiguë de tout ce qui l'entoure. Le train qui en ce moment traverse rageusement la montagne et les cigales qui aiguisent leurs archets, ou les clochettes du mobile qui s'agitent dans le vent, le colibri qui bat des ailes, tout s'exacerbe autour d'elle. Tout sauf les vagues silencieuses sur la mer. Le temps semble suspendu.

Le Renard se décide.

— J'ai habité ici… Il y a longtemps… L'autre jour, il m'était difficile de vous dire… de raconter… des choses trop graves se sont passées ici… qui me poursuivent depuis…

Il parle de l'errance qui l'a habité si longtemps. Il avait besoin qu'elle cesse. Il se sentait si fatigué, épuisé. Il disait chercher le pardon, l'absolution et la réparation. Il se lève, brandissant son poing vers le ciel et se met à hurler, à jurer.

— Dieu !… Christ !… Pourquoi m'as-tu abandonné sur cette terre de misère ? Pourquoi m'as-tu enlevé ma famille, mes amours ? Jusqu'à quand me faudra-t-il expier ma faute ?

Il est transfiguré. La rage lui mouille les yeux, étrangle sa voix. On pourrait croire qu'il a vu venir les chevaux de l'apocalypse. Mais il espère en même temps la fin de la déchéance. Il raconte tout dans le désordre, son passé à Cap-au-Renard, la maison de ses amours, Montréal et le tumulte dans lequel il a vécu. Celui-là pire que tous les autres. Il a voulu aimer cette femme trop belle pour lui et cela l'a perdu. Il dit avoir déchiré toutes les photos d'elle, jeté tous les bijoux qu'elle portait. Cela le rendait fou quand il la voyait partir au loin le soir, s'éloigner de plus en plus de lui. Ses hauts talons claquant comme un fouet sur lui, délaissé, écorché.

Il parle de plus en plus vite. Il s'étouffe. Ses yeux sont parcourus de petites veines rouges prêtes à éclater. En sortent des paysages noirs, une amertume opaque comme une source polluée devenue étang, mare visqueuse. Soudain, le Renard fracasse son verre sur la falaise, au pied de la véranda. Tout s'arrête. Les mains appuyées sur les tempes, il vacille. Dans le son du verre brisé a résonné le passé. Encore une fois, la même scène s'était répétée, son cauchemar lancinant : Murielle, flamboyante venait de partir, il était déjà trop saoul pour la retenir. Il fracassait sa bouteille sur le frigidaire, puis tanguait vers l'escalier qu'il gravissait comme malgré lui. Il était si malheureux, il avait besoin d'être consolé. Sa petite poupée dormait. Il s'allongeait à côté d'elle, la prenait contre lui et l'étouffait de ses sanglots. Elle en était morte, ça il le savait…

Mais il n'a pas tout dit.

Le Renard s'écroule enfin aux pieds de Marie-Capucine, la tête sur ses genoux. Effondré de misère. Les mains chaudes de la jeune femme glissent dans la chevelure roux argenté. Elle se met à fredonner un air venu de loin, qu'elle ne reconnaît pas elle-même, mais qui monte à ses lèvres. Une mélodie douce, apaisante. Couché presque en son giron, le rusé resserre son étreinte autour des jambes de la jeune femme. Sa peau douce l'enivre. Il n'en laisse rien paraître.

Si le chemin du pardon aux autres est difficile, celui du pardon à soi-même semble infini. Il traverse une forêt dense. Le Renard devait entreprendre cette traversée. Comment triompher de l'orgueil et se mettre en marche ? Les arbres du bien et du mal confondus, étendaient leurs racines profondément en lui. Dans les bois sombres du déni, il y a des reculs, des fuites, des mensonges. Il se sent souvent abandonné, condamné. Il jure encore et encore. Parfois, il rencontre des rivières ondoyantes où s'abreuver. Puis, à nouveau, les ronces et les cailloux, la noirceur.

Ça n'était pas tout de s'agenouiller et de pleurer. Il ne suffisait pas qu'une main compatissante et bienveillante rassure. Se pardonner à soi-même, c'était ensuite la plus pénible des conquêtes. Pour le Renard, c'était accepter de se regarder tel qu'il était, s'aimer quand même et essayer de réparer le mal qu'il avait pu causer. Affronter la honte, nommer la vérité. Il en était encore bien loin. Au tréfonds de son être, il tenait encore Murielle pour responsable de l'échec de sa vie.

Quand on a vécu une vie retorse, noyée d'alcool, de mensonges, de vices et de violence, qu'on a éteint toute lumière et qu'on survit dans l'ombre ou la nuit, comment faire ce pèlerinage du pardon ?

La nuit s'était installée depuis quelques heures. Le repas était terminé, les bougies se répandaient dans les bougeoirs en forme de poisson. Marie-Capucine desservait la table, aidée de Léo. Le Renard somnolait sur sa chaise, la main sur sa coupe de vin à moitié pleine, la tête renversée sur la poitrine, la respiration caverneuse, entrecoupée de ronflements. Repu d'alcool, n'ayant pas beaucoup mangé, il s'était finalement endormi sur une dernière confidence marmonnée. Penché ainsi sur la table, il n'avait plus le charme mystérieux qui habituellement l'enveloppait. Il avait l'air de l'ivrogne qu'il était devenu.

À table, aux premiers verres, il avait eu de l'assurance, de l'arrogance, et du bagout. Son charme. Puis, l'alcool aidant, stimulé, puis bientôt excité, il s'était mis à parler haut. Les verres qui avaient suivi devaient étancher la violence, le ressentiment, la colère. Au dernier, l'incohérence et la tristesse l'avaient envahi. Il était tout à coup prisonnier d'une bouteille qu'il aurait voulu jeter à la mer, dans l'espoir d'échouer un jour sur une nouvelle grève et d'être rescapé. Pour toujours. Le Renard venait d'échouer plutôt à Cap-au-Renard.

Au matin, un front froid balaya la côte avec force et constance. Les pins pliaient l'échine au-dessus de la falaise. Certains croyaient que la main de Dieu leur tordait le cou pour leur faire expier quelque péché mortel. La mer bleu foncé, parcourue de moutons blancs, maugréait sur la grève. Les oiseaux avaient peine à planer, sans cesse déviés dans leur course par un vent digne des grandes marées d'automne. Marie-Capucine venait d'allumer un feu. Décidément, l'été s'annonçait sans canicule. De la brume, du brouillard, et du nordet. Les éléments se déchaînaient comme l'émotion au cœur de l'homme qui venait de s'éveiller dans la chambre du rez-de-chaussée. Un peu perdu, encore gommé par sa soirée, contrarié de se retrouver couché là, et à peine capable de se souvenir comment il y était arrivé. Un autre black-out. Ça, il détestait. Perdre le contrôle. Ne plus se rappeler. Être à la merci de quelqu'un ou de quelque chose. Il ne pouvait pas le supporter. Pourtant, cela lui était arrivé si souvent. Chaque fois, il se promettait de se contrôler, d'arrêter à temps, de ne plus boire. Puis, il perdait pied.

C'est comme ça qu'un matin, à quarante et un ans, il s'était retrouvé à Montréal pour la première fois. Tout ce dont il se rappelait, c'est qu'il était passé voir son frère à Maria, qu'ils étaient allés célébrer leurs retrouvailles dans un bar-salon de Carleton avant de se rendre à l'Hôtel de New Richmond. Jocelyn était alors persuadé qu'il y rencontrerait Murielle. Il continuait de la chercher inlassablement depuis les dix dernières années. Au quatrième verre de cognac, après cinq ou six bières, il commençait à délirer et à raconter qu'elle l'attendait quelque part. Là, il enclenchait sa recherche. Il ne risquait pas d'accident, n'ayant plus de voiture depuis longtemps. Toujours, il trouvait quelqu'un à entraîner avec lui dans sa dérive. Encore un verre. Un dernier verre.

À Richmond, ils avaient rencontré un couple d'Américains qui voyageaient en motorisé, avec une somptueuse Harley Davidson, tel un panache accroché sur le toit. Un couple *wild*. Ils se faisaient appeler *Bonnie and Clyde*! Lui mesurait six pieds et quatre pouces, avait des tatouages de la tête aux pieds, avec un front dégarni et une tresse de cheveux gris lui tombant dans le dos. Il devait avoir atteint la fin de la cinquantaine. Bonnie incarnait la poupée parfaite. Blonde chromée, les cils frisés, la bouche en gomme balloune, avec des tatouages aux poignets et de minuscules cœurs tout le long du sentier de l'oreille. Bonnie et Clyde faisaient un drôle de couple noir, bardé de cuir, de whisky et de poudre blanche.

Jocelyn se rappelait vaguement que son frère était reparti, et que lui s'était retrouvé à finir la nuit dans le motorisé. Puis, le black-out. Jusqu'au réveil brutal, sur un banc du Vieux-Montréal. Son fleuve avait tout à coup été bordé d'asphalte et de quelques maigres arbres. Plus de Bonnie ni de Clyde. Sur la rive d'en face il avait aperçu Habitat 67. Il avait cru rêver. Après plus d'une heure à fixer l'eau du fleuve, le ciel, l'île Sainte-Hélène, il avait bien été obligé d'admettre que tout cela n'était pas un mirage. Il était tout seul, sans le sou. Un itinérant dans la ville. Des matins comme ceux-là, il devait en connaître beaucoup. Trop.

Heureusement, ce matin-ci se levait en toute transparence. Le Renard reconnaissait la maison où il se trouvait, sans se rappeler toutefois comment il en était arrivé à dormir à nouveau dans cette chambre. Cela demeurait flou. Il se secoua, ne voulant pas retrouver Murielle, son odeur, sa puissance. Celle qui, comme sa mère Yvette, l'avait abandonné. Ça, il ne voulait pas y penser. Il avait soif, très soif. Il se leva d'un bond, ayant soudainement retrouvé son agilité. Le besoin de boire, de se désaltérer, d'étancher l'angoisse devenait une urgence. Il sortit de la chambre et se rendit à la cuisine où il ouvrit le frigo, prit une bière qu'il déboucha d'une main tremblante. Le houblon froid coula en lui son flot doux-amer. Il ferma les yeux. C'était bon. Assise à table, comme si elle n'avait pas bougé depuis la veille, Marie-Capucine le regardait, interloquée.

L'animal était nu, mais parlait comme si de rien n'était. Il porta machinalement la main à son sein gauche. Une cicatrice dessinée en zigzag, comme un éclair, lui transperçait le mamelon. Comme si la vie l'avait marqué à jamais du côté du cœur. C'était une brûlure infligée par sa mère alors qu'il était enfant. Pour une petite chose, un presque rien. Il avait refusé de l'embrasser avant d'aller se coucher. Elle sentait mauvais, puait le chien et l'alcool, toujours vautrée devant sa télévision, une bière à la main et son maudit caniche mal rasé dans son giron. Elle était saoule et voulait que son petit vienne lui tenir compagnie. Il ne voulait pas se coller contre cette mère corpulente qui le tyrannisait. À son refus, elle s'était transformée en ogresse et l'avait empoigné, assis de force à côté d'elle et l'avait brûlé avec sa cigarette par petites touches. Interminables. Les hurlements de l'enfant étaient venus à bout de son effroi. La voisine était accourue. Le reste faisait partie d'une enfance qui le poursuivait sans cesse et qu'il avait tenté en vain d'oublier. Troisième de quatre enfants, il devait être ballotté de famille d'accueil en famille d'accueil, jusqu'à l'âge de dix-huit ans où il avait connu Murielle. L'été fatidique, où il avait cru rencontrer l'amour, il n'avait que renoué avec une autre sorte de bourreau qui s'était appliqué à son tour à l'abandonner, à le brûler à petites morsures. Jocelyn n'avait revu sa mère qu'à son enterrement, couchée dans un cercueil bon marché, toute pâle et si sévère. Maigre enfin. À faire peur. Une crise du foie avait emporté celle qui avait mis en son fils un mal qui le consumait depuis. Toujours cette peur de l'abandon, ce besoin de la tourmente, cette nécessité de fuir, d'engourdir le mal et l'absence. Il était devenu un naufragé perpétuel de la vie.

Le Renard termina sa bière d'une traite. Puis sa langue claqua. Il promena enfin son regard autour de la pièce. Quand il réalisa que Marie-Capucine le dévisageait, il se sentit gêné, vulnérable. Un enfant qui a fait pipi au lit. Coupable. D'être nu. De boire. D'être un intrus, un imposteur. Se cachant le sexe d'une main, il bafouilla une excuse et retourna dans la chambre. Marie-Capucine n'avait rien dit. N'avait pas bougé. Son immobilité lui donnait une certaine assurance. Écouter cet étranger qui transportait avec lui un tel passé de misère et de mystère lui avait donné un choc. Elle était surprise, maintenant, de l'accueillir avec autant d'aisance. Une grâce, une bonté, lui venaient malgré elle pour cet homme.

À leur première rencontre, c'est ce qu'elle avait éprouvé alors qu'elle s'agenouillait devant l'homme qui pleurait. Elle avait deviné la souffrance. Ce matin, il se découvrait devant elle dans toute sa vulnérabilité. Cet homme était prisonnier de l'alcool. Avait cette soif inépuisable pour noyer un mal plus profond. Un terrible secret lui saignait l'âme. Boire était devenu sa seule ressource. Mais… l'homme n'avait pas pu éternellement courir en avant. Le passé, tôt ou tard, l'avait rattrapé. Il avait des comptes à rendre à la vie.

Ce matin, alors qu'il s'observe dans la glace, il constate que dans les rides et le regard la mélancolie s'est installée. Pourrait-il recommencer et renaître ?

Une fois encore, un sursis. La première bière matinale a fait son effet, les tremblements ont cessé. Il s'habille et sort de la chambre. Marie-Capucine lui demande alors s'il a faim. Elle fait comme si de rien n'était. Elle ne le regarde même pas. Il bredouille que oui, il mangerait bien quelque chose et va s'asseoir au coin du poêle. Il se berce, la regardant dresser la table du petit-déjeuner, comme un papillon, tellement la grâce se déploie dans ses bras qui apportent le miel et le pain. Le cœur du Renard se serre. C'est toute la jeunesse et la beauté de Mélodie qui se promènent devant lui. Il se lève et retourne à sa chambre, incapable de supporter cette vision plus longtemps.

On frappe à la porte. Léo entre et vient s'asseoir au bord du lit où le Renard est allongé, le bras rabattu sur les yeux.

— Monsieur Marin… si on parlait un peu.

Dans un premier temps, Léo ne pose aucune question. Il prend plutôt la parole et raconte son histoire.

— Mon père a connu des matins comme ceux-là où il ne voulait plus sortir de sa chambre. Il ne se rappelait plus de rien, lui non plus. Il arrivait saoul à la maison, bousculant les chaises de la cuisine, piochant dans la porte de la chambre où ma mère s'était barricadée. Je me souviens d'une nuit où il avait pris un fusil et tirait n'importe où. Mon frère et moi, nous nous étions réfugiés sous le lit apeurés. Finalement, les voisins avaient appelé la police. J'ai vu partir mon père les menottes aux poignets qui hurlait qu'il nous aimait. Quelle honte le lendemain, à l'école ! Tout le monde à présent savait. Mon père revenait, toujours penaud, de plus en plus meurtri, de ces pertes de contrôle. Jusqu'au jour où ma mère l'a mis à la porte. Il revenait nous chercher, souvent le samedi, pour aller prendre un repas à Sainte-Anne-des-Monts. Il nous asseyait devant un gros steak, nous disait de manger lentement pendant qu'au bar-salon adjacent il racontait sa vie à la barmaid, pendant des heures. Pour nous faire patienter, il nous payait des desserts à n'en plus finir. À nous dégoûter pour toujours d'aller au restaurant avec lui. Pourtant, il s'acharnait à venir nous chercher chaque semaine, pour la grande sortie. Assis dans sa vieille Chevrolet, on traversait le village de Marsoui, en rinçant le moteur et en faisant crisser les pneus. Mon Dieu, qu'on avait honte !

Le regard de Léo se perd au loin, dans ses souvenirs. Ni sa voix ni ses paroles ne sont empreintes d'amertume ou de colère, le temps semble avoir effacé en partie les mauvaises images. On peut croire qu'il parle de quelqu'un d'autre, tant le ton est détaché. Il raconte une vie d'avant qui n'est plus la sienne.

Une heure s'est écoulée. Le Renard n'a pas bougé. Il a écouté l'histoire de Léo. Il s'y est reconnu. Mais comment une bière, prise pour le plaisir dans toutes ces fêtes sur la grève, a bien pu le mener à une vie de désolation comme la sienne ? Chaque fois qu'il a essayé de comprendre, il s'est perdu dans une autre ivresse. C'est toujours à cela que le Renard jongle quand il s'asseoit, solitaire, avec un verre de bière à la main. Où qu'il soit. Il refait le voyage, de sa jeunesse à aujourd'hui, en essayant de découvrir où la brèche a pu se faire. Chaque fois, il n'arrive pas à trouver. Ou quand il croit être sur le point d'y arriver, un verre de plus et il se perd. La brèche est sans doute ce verre de plus, ce verre de trop qu'il n'aurait pas dû boire.

L'alcool s'enflammait dans ses veines. Au lieu de l'apaiser, cela ne faisait qu'attiser la brûlure de son âme trouée de partout. Il avait bu sa vie au lieu de la vivre. Pour survivre. À l'abandon d'abord, et à la culpabilité ensuite.

Léo se leva. Avant de quitter la chambre il ajouta :

— Monsieur Marin, si n'avez pas d'endroit où loger, nous pourrons vous garder ici.

Demeuré seul dans la chambre, le Renard n'arrivait pas à bouger. Paralysé par la peur. Il avait écouté Léo avec beaucoup d'attention. Mais à un moment, la brume s'était levée dans sa mémoire et une envie irrésistible de fuir l'avait repris. Dans la cuisine, Léo s'entretenait à voix basse avec Marie-Capucine. Le vieux ne parvenait pas à saisir ce qu'ils se disaient. Une angoisse sourde montait dans sa poitrine. Il manquait d'air, il lui fallait s'échapper. Dans un élan, il s'empara d'un vase sur la commode, le lança à la fenêtre qui éclata. D'un geste leste et souple, il enfourcha la fenêtre laissée béante et s'éloigna en direction de la grève, sa chevelure rousse et blanche flottant au vent.

La vie tranquille du Cap avait repris. Dans les jours qui suivirent la disparition du Renard, Marie-Capucine avait convoqué le grand conseil des femmes du Cap. Autour d'une tisane fumante, assises sur la véranda, Irène, Julie, Joconde qui était de passage et Marie-Capucine avaient échangé longuement sur le revenant. Irène, qui était la plus ancienne résidente de Cap-au-Renard, résuma ce que le village savait sur la vie de

Jocelyn et de Murielle. Et quand les questions de Marie-Capucine se firent plus pressantes, les femmes rappelèrent toutes les rumeurs anciennes pour expliquer le comportement étrange et la fuite du malheureux.

De la cuisine, dont la porte était restée entrouverte, Léo les écoutait. Elles parlaient d'un homme, de sa fuite, de son mystère, mais que savaient-elles réellement de sa souffrance ? Il était facile de raconter que sa femme l'avait quitté parce qu'il buvait, que sa fille avait connu un désespoir fatal… Mais que savaient-elles du drame intime de cet homme ?

Léo se permit d'intervenir.

— Qui sommes-nous pour juger un autre être humain ? N'avons-nous pas tous nos faiblesses et nos mensonges ? Nos jalousies, nos violences secrètes et nos vengeances ? Les âmes abandonnées, même de Dieu, ont peut-être encore plus besoin de notre compassion. L'homme qui se fuit lui-même est à plaindre.

La voix trop serrée, Léo avait cessé de parler. Il se sentait si proche des misères d'autrui, les ayant bien connues lui-même. Celui qui avait mal, il fallait le recevoir et en prendre soin et surtout ne pas le juger trop vite.

Les femmes écoutèrent en silence, puis l'assemblée se dispersa. Joconde et Irène s'éloignèrent, mais Julie attendit un peu. Lentement, elle se leva, descendit les marches de la véranda et, avant de quitter, se retourna vers Léo et Marie-Capucine.

— Je ne veux jamais le voir rôder près de chez-moi. Je l'ai toujours soupçonné de faire du mal à Mélodie et tant qu'à moi…

Elle n'arriva pas à finir sa phrase et s'éloigna. Une pluie fine se mit à tomber.

Septembre figea le village dans un tableau lumineux. Les jours raccourcissaient et, la nuit, des vents se levaient, forts et froids, pour disparaître au matin, dans le chant des hirondelles de mer, si nombreuses cette année-là.

La première expédition des Pèlerins de la Terre, vers Natashquan et les îles Mingan se mit en branle. On avait loué un autobus tout confort, des motels à prix abordables et de nombreuses excursions étaient prévues. Le premier groupe comprenait six hommes et treize femmes, dont madame Jalbert, une infirmière préretraitée. Les trois sœurs Audet faisaient partie du voyage. Elles venaient de Cap-des-Rosiers, petit village du bout de la péninsule. Âgées respectivement de soixante-huit, soixante-douze et soixante-seize ans, célibataires, elles habitaient face à la mer depuis l'enfance, dans une maison spacieuse qui, sous leurs bons soins, avait conservé son allure élégante des années vingt. Une quatrième sœur, la cadette, était décédée un an auparavant, laissant un vide dans le cœur de chacune. Depuis, les demoiselles Audet, comme on les appelait dans leur patelin, n'étaient plus les mêmes. Gemma s'occupait toujours de faire visiter l'église aménagée en musée, tandis que Rita orchestrait les soupers communautaires et Rachel, les activités de la Maison des Aînés. Toute leur vie, les sœurs Audet avaient eu le don de faire rire et de divertir. Mais depuis le départ de Madeleine, le cœur n'y était plus. Les Pèlerins de la Terre arrivaient à point pour elles. Avec ce voyage, elles retrouveraient le sens de la fête et du partage. Dans le passé, elles avaient beaucoup voyagé. Institutrices, elles avaient eu des revenus raisonnables leur permettant de partir chaque année. Le voyage le plus mémorable, dans les annales de leur village, et le dernier qu'elles avaient fait avec leur sœur Madeleine, les avait conduites en France. Au retour, elles avaient organisé un jumelage culturel avec le petit village de Maulais dans le Poitou ; c'était le berceau de leurs ancêtres. Depuis, la belle saison ramenait chaque année à Cap-des-Rosiers une famille française qui venait séjourner dans une famille gaspésienne. L'échange se répétait en sens inverse l'année suivante. Pour financer le voyage, les sœurs organisaient un souper bénéfice où l'on tirait au sort l'heureuse famille gagnante et on faisait de même dans le village du Poitou. Depuis dix ans, cinq familles du Québec et cinq autres de la France en avaient profité.

Les trois voyageuses se faisaient une joie de se rendre à Natashquan pour la première fois. Avec le groupe des pèlerins, elles découvriraient la force et la splendeur d'un pays demeuré intact, non pollué par le développement touristique qui trop souvent ne respecte pas l'environnement. Elles allaient se nourrir d'une contrée encore sauvage, parsemée d'innombrables lacs, de chutes et de rivières. Elles connaissaient tous les détails. La route 138 nouvellement achevée s'arrêtait à la réserve indienne de

Pointe-Parent. Pour aller au-delà, il fallait prendre le traversier, l'Écho-des-Mers, pour aller d'un port à l'autre : de Kégashka à La Romaine, à Harrington Harbourg, à Tête-à-la-Baleine, et à Blanc-Sablon. Mais ce parcours serait pour un autre voyage.

Au lendemain de leur arrivée à Natashquan, pendant que les pèlerins se reposaient, Léo et Marie-Capucine eurent le privilège, grâce à une infirmière du dispensaire, d'être invités à la préparation de la banique. Un pain que l'on fait cuire dans les cendres d'un feu allumé sous le tipi. Une tradition amérindienne que plusieurs familles perpétuent quotidiennement. Ce fut un moment touchant quand Philomène, entourée de sa fille Florence et de sa mère Marie-Louise, déposa le pain encore chaud entre les bras de Marie-Capucine. Elle eut l'impression de tenir un enfant naissant. Marie-Capucine lui avait embrassé les mains, tout émue que cette femme accroupie depuis des heures à remuer la cendre lui offre ce pain. L'Indienne, si humble, n'avait rien dit, gênée de cette effusion inattendue.

Le lendemain, tout le groupe fut invité chez Adeline, pour acheter des mocassins et des bracelets. À la fin du jour, face au soleil déclinant doucement à l'horizon de la rivière Mingan, une longue table fut dressée sur la plage. On y dégusta les pattes de crabe et le saumon pêché le jour même par les Indiens de la réserve, les seuls autorisés à capturer, à n'importe quel temps de l'année, l'or des rivières. Un feu fut allumé pour cuire le poisson. Des chants montagnais s'élevèrent dans la nuit et les pèlerins aux cheveux blancs devaient se souvenir longtemps de cette communion sous les étoiles.

Le dimanche, ils assistèrent à la messe célébrée en la chapelle de Jack Monoloy. Tout de bois sculpté, ce trésor culturel unique gardait intacte la mémoire simple et naïve de son bâtisseur, l'Indien Jack Monoloy qui s'était amouraché d'une blanche appelée la Mariouche. Voulant empêcher cet amour, les parents avaient envoyé leur fille au couvent. Et l'Indien désespéré s'était jeté dans le courant de la Mingan. Ce soir-là, les pèlerins chantèrent en cœur la superbe chanson dans laquelle Vigneault a immortalisé l'histoire.

Jack Monoloy aimait une blanche
Jack Monoloy était Indien
Il la voyait tous les dimanches
Et les parents n'en savaient rien
Tous les bouleaux de la rivière Mingan
Tous les bouleaux s'en rappellent

La Mariouche, elle était belle
Jack Monoloy était fringant
Jack, Jack, Jack, Jack
Disaient les canards, les perdrix et les sarcelles
Monoloy disait le vent
La Mariouche est pour un Blanc

Les voyageurs avaient la forme. Plus qu'on aurait pu l'imaginer. L'excursion en Minganie fut le point culminant. La vision presque surréaliste des monolithes de calcaire, avec leurs colonies d'oiseaux marins, en particulier le célèbre macareux moine, les baleines à bosse et les rorquals qui nageaient tout autour de l'embarcation, donnaient un cachet unique à ces paysages si étonnants du Nord. Le périple se termina par une randonnée sur le trottoir de bois qui traversait l'île Quarry et menait à la grève où s'élèvent dans la mer d'étranges statues de pierre, sculptées par le gel, les vents et les sels marins.

Au retour, quand les pèlerins se dirent au revoir à la chapelle de Cap-au-Renard, ils avaient la conviction profonde que la vie avait encore à leur offrir des expériences uniques. On s'était fait de nouveaux amis, on avait vu un pays si fascinant. Restait aussi un sentiment de gratitude à constater qu'on était encore en assez bonne santé pour profiter des merveilles sauvages de la Côte-Nord. Au cours des semaines suivantes, Léo et Marie-Capucine reçurent un courrier abondant, accompagné de photos qui témoignaient du bonheur vécu par ces pèlerins déjà prêts à repartir.

Maintenant, l'automne s'adoucissait. Les matins lumineux d'octobre faisaient naître de grands frissons sur le fleuve devenu si changeant. Du bleu, il passait au gris acier, à certaines heures. Les oiseaux disparaissaient à l'horizon. La visite, nombreuse en été, s'était volatilisée et l'unique rue de Cap-au-Renard reprenait une langueur qui annonçait déjà le silence de l'hiver.

Toujours aventureux, les parents de Marie-Capucine étaient repartis pour toute une année, sur un voilier. Des amis rencontrés aux Antilles, l'année précédente, les avaient invités à les rejoindre pour un grand voyage sur l'*Eldorado*, du côté du Pacifique. Au matin du départ d'Étienne et Elvire, Marie-Capucine éprouva une émotion toute particulière, jamais sentie auparavant. L'impression que c'était peut-être la dernière fois qu'elle voyait ses parents. Qu'ils partaient pour toujours. Lorsque sa main se posa dans le dos de sa mère qu'elle tenait serrée contre sa poitrine, elle avait vécu le moment comme un adieu. Sa main avait glissé sur la veste de laine d'Elvire et l'odeur de son enfance lui était revenue. Puis, lorsqu'Étienne l'avait embrassée à son tour, son cœur avait chaviré. Elle regardait son père, dont le physique ressemblait encore à celui d'un adolescent, un peu maigre, ses cheveux gris et ses yeux d'océan qui avaient charmé sa mère.

— Allez ma Capucine ! Passe un bel hiver. On t'envoie des cartes postales à chaque escale et Léo, tu en prends bien soin ! ajouta Étienne, en posant une main paternelle sur la joue de sa fille.

Ils les regardèrent s'éloigner à bord d'une vieille Westfalia achetée pour descendre à San Diego où les attendaient leurs compagnons de mer. On aurait dit qu'ils retrouvaient leurs vingt ans. La maison les voyait partir, mais ce n'était plus comme elle les avait vus venir, trente ans plus tôt, avec leur allure de sainte Famille. Heureusement, leur Marie-Capucine resterait ici, pour assurer la continuité.

Un autre cycle venait de se terminer.

Des cartes postales arrivèrent plus tard de Mazatlan, de Managua, du Costa Rica, de Panama et la dernière, de Valparaiso. Puis, soudainement, un téléphone du consulat canadien et des autorités chiliennes les avisant que l'épave de l'*Eldorado* avait été repêchée au large de l'archipel Juan Fernandez. Un télégramme suivit, confirmant que les quatre passagers avaient disparu et qu'aucun corps n'avait été repêché.

Profondément touchée, Marie-Capucine se dit tout de même que les explorateurs venaient d'achever leur itinéraire. Engloutis dans la mer, pour l'éternité. Dans les jours qui suivirent la confirmation du double décès, elle fit un voyage éclair à Montréal pour régler tous les détails administratifs qu'un décès en pays étranger occasionne, même sans corps à rapatrier. Au retour, elle plongea dans un abattement qui semblait sans issue. Bien que pressentie, cette disparition l'avait foudroyée, reportée à l'enfance qu'on porte vivement en soi lorsqu'on a encore ses parents. Et le pire était peut-être de ne pas avoir accès à la dépouille des disparus. Elle en eut des vertiges. Elle demeura longtemps incapable de faire son deuil, tout en ayant le sentiment douloureux d'être orpheline, seule au monde, à jamais. Cette pensée lui revenait constamment. Étaient-ils vraiment morts? Elle se sentait comme un courbejeau pris au piège des filets dans les champs de labour. Son cœur battait de l'aile. Léo n'arrivait pas à la dérider. L'hiver ensevelirait le rire de sa bien-aimée.

Cette année-là, l'hiver fut bel et bien mortuaire. Même Noël fut célébré en catimini, Marie-Capucine ne voulant voir personne. Quelque chose en elle se perdait qu'elle n'arrivait pas à rattraper. Attentif, Léo respectait son besoin de distance et d'immobilité. Elle passait de nombreuses heures à écrire, au grenier. Comme si cela demeurait l'unique source de lumière dans son deuil quotidien. De son côté, Léo avait accepté de restaurer l'intérieur de l'église de La Martre. Travail de moine, avec toutes ses petites feuilles d'or à retoucher une à une. Mais il retrouverait la paix des sanctuaires, heureux d'avoir réussi à obtenir une petite subvention du ministère du Patrimoine afin de prodiguer soins et attentions à cette « belle dame » qui, dans sa robe blanche, se tenait majestueuse face au fleuve. Les rafales, les poudreuses, les neiges tourbillonnantes l'enlaçaient par la taille. Elle se tenait toujours fière et muette dans la saison blanche, son amant-peintre lui caressant le ciel et les épaules.

Elle rayonnerait comme une jeune mariée le jour de Pâques, alors qu'on avait prévu une cérémonie toute spéciale. La chorale répétait déjà depuis des semaines sous la direction d'Irène. Celle-ci avait convié Marie-Capucine à se joindre au groupe, mais l'orpheline avait décliné l'invitation chaque samedi en prétextant quelque travail à finir… On disait qu'une fois encore, la maison de la falaise retenait une femme captive de son chagrin.

La mer se tenait immobile. Un linceul de neige vierge recouvrait la rive. Les oiseaux marins avaient abandonné le ciel et la terre. Parfois un bateau, au loin, semblait donner un peu de vie à l'horizon fermé. Il n'y avait que le vent qui continuait de se glisser entre les planches de la maison redevenue silencieuse.

Puis vint le printemps. Et ressuscita la chapelle, s'ouvrit le gîte, reprirent les activités des Pèlerins de la Terre. Une excursion fut annoncée pour les Îles-de-la-Madeleine. C'est ainsi qu'aux premiers jours de juin, Léo s'y prépara en accompagnant d'Artagnan, le mari de

Julie, qui s'y rendait pour un colloque sur « la relance culturelle et économique des Îles et de la Gaspésie ». Léo en profiterait pour prévoir le séjour des Pèlerins et prendre un peu le large : les derniers mois d'hiver avaient été difficiles dans l'atmosphère chargée de la maison. À présent, sa Marie-Capucine allait mieux et il pouvait quitter en paix. D'autant plus que leurs voisins Irène et son marcheur de la grève, avaient promis de veiller sur elle comme si elle était leur propre fille.

Léo et d'Artagnan prirent l'avion à Gaspé. Du haut des airs, les Îles égrenaient leur archipel comme un collier de pierres d'eau. L'hiver avait laissé sur les hanches de ces filles de mer des pitounes et autres pièces de bois que les Madelinots ramassaient. Ils les feraient sécher et dessaler au grand vent, en les déposant en forme de tipi derrière leur maison. Cette manne de la mer donnait du bois de chauffage, si rare aux Îles et donc cher. Du haut des airs nos voyageurs découvraient avec ravissement les maisons bleues, roses, jaunes et orange perchées sur les falaises. Quelles couleurs, de chaque côté des routes qui sillonnaient cette terre sortie des mers, tel un joyau beige et ocre !

Les deux amis s'installèrent à l'Hôtel du Rivage, complexe d'hébergement nouvellement construit, d'une laideur consommée. Comme un crime dans un paysage si fabuleux. L'édifice ressemblait à un gros chalet de golf, de mauvais goût, comme ils le sont parfois. Devant la façade, l'entrée nue, sans aménagement paysager, servait d'aire de stationnement. À croire que les architectes avaient pensé construire un centre commercial. Mais l'hébergement étant assez rare en ce pays, l'établissement faisait fortune en haute saison, grâce à tous les groupes qui y séjournaient. Et comme le Ministère y logeait son monde, d'Artagnan offrit à Léo de partager sa chambre. Pendant qu'il se rendrait à ses réunions, Léo aurait tout le loisir de découvrir les Îles, puisqu'il s'agissait de son premier séjour en ce lieu devenu à la mode après tant d'années d'oubli.

Léo loua une bicyclette. Malgré les vents assez intenses la plupart du temps, le territoire assez plat permettait de se déplacer aisément d'une île à l'autre de ce pays couché au milieu du golfe du Saint-Laurent. Vu du haut des airs, l'archipel ressemblait à un groupe de femmes assoupies, leurs corps allongés dans les eaux turquoise, les bras et les jambes étirés en interminables bandes de sable lumineux, avec leurs poitrines vertes comme des collines qui s'offraient de L'Étang-du-Nord à Fatima, de Havre-Aubert à Cap-aux-Meules. Des femmes sauvages venues du large et qui lançaient leurs appels de sirène à des promeneurs émerveillés de tant de force tranquille, de silence bleu, de vallons verdoyants aux fleurs vibrantes.

Le visiteur s'arrêta à la Belle-Anse. La mer rageuse venait cogner sur la falaise rouge, comme pour y entrer de force ou se faire entendre. Le ciel d'ardoise contrastait avec la roche sang de bœuf, ridée de sel, qui inlassablement se faisait lécher par la vague fouettante. Le site, joliment aménagé, offrait une vue impressionnante sur la mer. Une passerelle menait à un escalier qui descendait dans une crique creusée dans la paroi rocheuse. À marée haute, comme à cette heure de l'après-midi, il était imprudent de s'y aventurer. La vague venait pourtant asperger une femme assise sur les marches de limon, tout de blanc vêtue, le crâne rasé. La tête renversée, elle semblait boire l'instant. Soixante ans, peut-être. Elle ressemblait à la proue d'un navire à l'image de ceux si nombreux qui sont venus mourir dans le sable de ces îles. On raconte que bien des maisons ici possèdent des vestiges de ces naufrages : un hublot, un escalier en bois de rose, quelqu'un aurait même un vase de porcelaine ébréchée ayant appartenu au bateau d'Aristote Onassis échoué aux îles sur la plage, il y a longtemps.

La femme sortit de sa méditation, se leva et s'approcha de Léo, assis dans l'herbe fraîche au bord de la falaise. Elle marchait en traînant le pas, comme si une lourdeur au pied la faisait boiter. La souffrance s'étalait sur ce visage, comme piétiné par un millier de pas. Elle s'immobilisa à la hauteur de l'homme. Le dévisagea comme si elle le connaissait, puis se ravisa, constatant son erreur.

— Excusez-moi. Je vous avais pris pour quelqu'un d'autre.

Finalement, la conversation s'engage. Qui êtes-vous ? D'où venez-vous ? Est-ce votre première visite aux Îles ? Elle a besoin de parler. De prendre contact avec quelqu'un, aujourd'hui. Elle reconnaît que c'est l'un de ces jours où il ne faut surtout pas qu'elle reste dans l'isolement.

La boiteuse a parcouru un long chemin pour arriver ici. C'est ce que Léo va bientôt découvrir puisqu'elle l'invite à partager sa modeste table. D'instinct, il la suit dans sa maison de bois, peinte en vert, à l'architecture typique des Îles. Aménagée avec des rideaux piqués d'étoiles de mer, des divans cabossés, recouverts de tissus d'Orient. Aux murs, des cadres de coquillages renferment des dessins. Aucune photo. La femme n'a apparemment pas d'histoire et, pourtant, elle se raconte jusqu'au coucher du soleil. Muette depuis trop longtemps, elle sort enfin de son drame intérieur. Pas une fois Léo ne l'interrompra. Il respectera les silences et les larmes.

Son récit débute alors qu'elle a treize ans et qu'elle fait sa première fugue. Elle se rappelle la griserie que cela lui avait procurée. Une certaine peur, mais le désir de l'inconnu l'avait saoulée. Toute sa vie, à partir de cet instant, sera imprégnée de cette soif de fuite. Elle quittera la maison de ses parents quelques années plus tard, enceinte, portant son enfant comme le drapeau de sa liberté rêvée : un *chum*, une maison, un bébé. Mais le rêve sera de courte durée. Elle se lassera de cette vie trop tranquille de mère au foyer. Elle travaillera dans un bar pendant quelques années. L'appel du large viendra la hanter à nouveau et après douze ans, et sans prévenir personne, elle se poussera de ce trou, comme on court après sa perte.

Elle deviendra une femme à musiciens. Toujours *on the road*. Sur la route. En tournées, d'une ville à l'autre, d'un bar à l'autre. La bière, les cocktails, la poudre à plein nez. Plus de temps pour penser ou regarder derrière. Le passé devient flou. Elle a quitté sa vie de mère, comme une *run away*, la fugueuse délinquante refaisant surface.

Elle a beau avoir presque trente ans, la folie continue. Le souvenir de sa fille pâlit, puis s'éteint. L'homme qu'elle a aimé a sombré dans l'alcool. Elle l'a tenu responsable du désordre familial et de son départ. En quelques années, elle a erré, sans miroir autre que celui sur lequel on coupe la drogue assassine.

Un jour, le groupe de musiciens qu'elle fréquentait depuis plusieurs mois l'a abandonnée, saoule, dans un motel de La Tuque. Elle s'était réveillée au matin avec le sentiment d'avoir été forcée, violée, plusieurs fois. Elle ne se souvenait de rien, mais son corps en portait les traces douloureuses. Elle était pleine d'ecchymoses, déchirée dans son intimité, anéantie. Confuse, sans argent, elle était rentrée sur le pouce à Montréal. C'est dans cette vulnérabilité totale que survient ensuite la nouvelle étape : un homme, une voiture. Elle goûtera pour la première fois à ce qui deviendra sa douleur quotidienne. Payer de sa bouche, de son sexe pour pouvoir se déplacer, se droguer, boire, manger et survivre. Son premier client ? Un policier en congé. De La Tuque à Montréal, ils s'étaient arrêtés cinq fois au cours du trajet. Il la nourrissait de poudre et elle ouvrait la bouche. L'enfer venait de l'agripper.

Combien étaient-elles de par le monde, en Amérique ou en Asie, à ouvrir les lèvres sur des sexes inconnus ? Combien de femmes droguées, sacrifiées, aux ailes écorchées ? Et la femme continuait son récit, sans que Léo sache qui elle était. Elle ne s'était pas nommée. N'avait pas dit où elle était née. Léo se contentait d'écouter.

Ce jour-là, le policier venait prendre livraison d'une marchandise illicite dans un bar du nord de la ville. Le Paradise Club. On trouvait là de la chair de premier choix. Des poitrines volumineuses, des fesses petites et retroussées, des hanches étroites. Des faux cils et des perruques, tout y était enjolivé, fabriqué pour faire rêver. Des femmes parfaites ou idéales : des Lolitas aux formes plantureuses.

Le Paradise Club était un club privé, sélect que fréquentaient des gens importants et fortunés. On y consommait l'alcool et l'amour sans aucun égard. Un éden pourri où l'on pratiquait des actes innommables sur des filles beaucoup trop jeunes.

Il n'y avait pas qu'en Thaïlande que l'on pratiquait la prostitution juvénile. Elle existait, disait la femme, dans toutes les grandes capitales du monde. Bien à l'abri des regards et très souvent grâce à l'aveuglement volontaire des autorités municipales et policières. Lors de son séjour dans ce club, elle avait eu vent de certains échanges où de très jeunes recrues étaient parties à l'étranger avec des clients de passage.

De la rue, on aurait pu croire à un entrepôt fermé. Sur la porte en bois massif, une plaque en laiton annonçait le nom de l'établissement au-dessous d'un minuscule hublot par lequel on contrôlait les entrées. C'est dans cet immeuble de béton, sans fenêtres, que la dénommée Murielle avait été amenée par le policier en congé. Toujours jolie, malgré les années de galère qui commençaient à s'inscrire en cernes sur son visage, son corps demeurait mince et attirant. Le *make-up* ferait le reste. Pour être barmaid, c'était bien suffisant.

Murielle s'est arrêtée de parler. L'émotion vient embrumer le regard qu'elle porte au loin vers cette femme qu'elle a été. Elle souffre encore pour elle.

— Vous savez, Léo, le plus difficile aujourd'hui, c'est de me pardonner de m'avoir fait tant souffrir… et d'avoir fait tant souffrir autour de moi…

Murielle a eu beaucoup de mal à prononcer cette dernière phrase. On la sent chargée d'une grande culpabilité. Elle l'a presque murmurée. Les souvenirs l'accablent, si lourds qu'elle voudrait les avoir enterrés pour toujours, mais ils se sont incrustés malgré elle pour ressurgir et planer sur sa vie comme les brumes silencieuses du matin qui glissent sur la conscience encore endormie. Depuis neuf ans, pourtant, Murielle a relevé la tête et a accepté de revisiter son passé. Pour guérir. Mais quel voyage déchirant ! Tendre la main à la fille entêtée et orgueilleuse qu'elle a été la majeure partie de sa vie lui paraît parfois impossible. Certains matins, quand elle revit les instants de pure folie qui ont jalonné son existence, une honte insoutenable l'envahit et elle n'a qu'une envie, celle de battre cette femme, ou même de la tuer, de la faire disparaître. Ces jours-là, où elle éprouve cette honte irréparable, elle se punit, comme ce matin, se postant au-dessus des vagues, comme pour bientôt s'y jeter. Aujourd'hui encore, même après toutes ces années de rétablissement, d'abstinence, elle a désiré en finir pour cesser de souffrir. Elle a pensé que ce serait simple, vite fait. Seule au monde. Depuis si longtemps. Personne ne la chercherait.

Murielle n'arrivait pas à abdiquer.

Elle avait pourtant perdu tous ses cheveux comme si la vie lui signifiait de lâcher prise, d'arrêter son élan mortel, de retenir ce cheval fou parti à l'épouvante. Et non ! Elle s'accrochait à quelques lieux mystérieux, connus d'elle seule et elle s'empêchait encore d'être libre une bonne fois pour toutes, de tout. Sans les remords du passé, sans la crainte du présent et les appréhensions de l'avenir.

Mais aujourd'hui, elle n'a rien bu, rien consommé pour endormir l'angoisse. Elle ne s'est pas jetée non plus dans l'eau tumultueuse. Pour aujourd'hui. Là est sa victoire : aujourd'hui.

Et il y a eu l'apparition soudaine de Léo. Un autre homme sur sa route. Un homme différent. Qui paraissait tel. Le premier depuis longtemps. Cet homme la rassure. Être à ses côtés et lui parler, lui fait du bien. Elle lui a révélé des choses étonnantes de sa vie, mais le détail qui le dérange est que cette femme est native de la Gaspésie et qu'elle s'appelle Murielle… S'agirait-il de… Mais elle préfère ne pas s'étendre sur cette période de sa vie. Et change de sujet.

— Si on allait prendre le dessert au Café de la Grave ?

Il est d'accord.

Le soleil se couchait sur les dunes et les barachois. La voile ocre-rose du ciel se dessinait vers l'est. On aurait dit une procession de princesses indiennes dans leurs saris nuptiaux. Murielle se sentait à présent si légère au côté de ce compagnon qu'elle voyait comme un ange ou quelque messager du Dieu de son enfance.

Le café de Havre-Aubert était bondé, comme toujours. On y dégustait une cuisine simple et savoureuse, aux arômes de la tradition et la fête était assurée à tout moment de la journée. En témoignaient un piano le long du mur, un accordéon posé sur une chaise, des partitions musicales sur un lutrin et un micro.

À l'instant où Léo et Murielle pénètrent dans le café, la fête est déjà commencée. Un homme, assis au piano, chante un rock endiablé à la Jerry Lee Lewis. Son grand corps souple se balance d'en avant en arrière, ses doigts courant sur les touches avec une dextérité remarquable. Les spectateurs tapent du pied, des sifflets retentissent, il fait une chaleur humide et odorante comme aux jours de canicule. Le propriétaire, qui connaît bien Murielle, leur trouve une table près du tiroir-caisse, sous une toile représentant une bergère et ses deux moutons, broutant dans les barachois, sous la lumière orangée du crépuscule madelinot.

On leur sert rapidement un gâteau des Îles. Fourrée de petits fruits macérés dans leur jus et recouverte d'une fine pluie de noisettes, cette gourmandise s'accompagne de crème fraîche et d'un coulis de chicoutai. À présent, dans la vie de Murielle, les desserts ont remplacé l'alcool. Il lui faut tout de même sa portion de sucre, sa dose d'endorphine. Cela aide à calmer l'anxiété qui continue de surgir fréquemment, la laissant si dangereusement vulnérable. Et il n'est pas question d'une rechute. Alors, elle se doit d'être vigilante. Toujours.

Deux heures plus tard, Murielle raccompagne Léo à l'hôtel. Ils se donnent rendez-vous pour le lendemain, sur la plage de La Martinique. Elle préparera un panier de provisions pour la journée. Ils se serrent la main. Elle rentre doucement, en se disant qu'elle a l'impression de le connaître depuis toujours. De son côté, il croit qu'il n'est pas venu là par hasard. À la chambre, d'Artagnan dort déjà. Pour ne pas l'éveiller, Léo se rend à la réception pour téléphoner à Marie-Capucine. Elle n'était pas encore au lit. Elle revient de chez Julie où elle a passé la soirée. Léo lui fait part de sa rencontre pour le moins étonnante.

— Elle vient de la Gaspésie ?

— Oui et le plus curieux c'est qu'elle s'appelle Murielle.

— Quoi ? penses-tu qu'il s'agit de la femme qui a habité ici, dans notre maison à Cap-au-Renard ?

— Je ne sais pas, elle est restée très évasive sur cette période de sa vie… Je la revois demain. J'essaierai d'en apprendre davantage… Mais toi, ça va mon amour ?

— Oui, mais reviens vite, je m'ennuie.

Marie-Capucine ne pouvait pas vivre trop longtemps sans Léo. Il était son port d'attache, sa bouée parfois. Un jour, elle lui avait écrit :

L'enfance est un poème qu'on garde bien caché.
Y sont inscrits les rêves qu'on ne veut pas oublier.
Je cachais des trésors dans des boîtes à souliers.
Je collais des cœurs en or sur des poupées de papier.
L'enfance nous ressemble et quand on devient femme
L'enfant qu'on a été marche à nos côtés.

Mon petit lit dans la nuit, c'était l'arche de Noé.
Je serre encore un ourson quand j'ai envie de pleurer.
Quand je ne pouvais plus prier, mon père venait me consoler.
Aujourd'hui, je m'endors un homme à mes côtés.

Elle avait besoin de cet homme à ses côtés comme elle avait eu besoin d'un père. Pour la rassurer et l'accompagner. À Cap-au-Renard, la nuit était exceptionnellement chaude en ce début d'été, comme si la canicule avait eu de l'avance. Aucun vent du nord. Marie-Capucine n'arrivait pas à trouver le sommeil. Dans la brise nocturne, des sanglots lui échappaient comme des frissons dans la nuit silencieuse. Et elle ne comprenait pas pourquoi. C'était comme ça depuis que Léo était parti. Une angoisse sourde l'avait repris.

Du côté des Îles-de-la-Madeleine, Léo s'était endormi avec l'image de Marie-Capucine courant sur la grève, souriante, les cheveux emmêlés, tenant dans ses mains un coquillage qu'elle venait de ramasser. Un dollar de sable. Et le rêve avait continué. Son visage se tendait vers l'horizon mauve de la mer. De temps en temps, elle ramenait le coquillage blanc à son oreille, l'agitait et entendait alors le cri des oiseaux retenus à l'intérieur. Elle le lui disait, tout émue. Puis, elle fracassait le coquillage sur un rocher et des tourterelles s'envolaient. Ensuite, sans transition, une Vierge noire aux mains jointes marchait sur les eaux d'une mer sombre et déchaînée, guidant Léo qui sortait des vagues tenant dans ses bras une Marie-Capucine inanimée, noyée. Il la couchait sur la grève dans l'eau de la première vague qui venait se fracasser sur les galets et il massait tout son corps bleuté. Par les soins attentifs de ses mains, Léo redessinait une vague salvatrice, guérisseuse.

Il se réveilla en sursaut, sa main pétrissant l'oreiller à son flanc. Il était encore tôt. Six heures dix. Il appela chez lui. Pas de réponse.

Marie-Capucine, déjà levée, était partie se baigner. Elle descendait déjà le sentier menant à la grève. Une fine brume envahissait le paysage. Le cri des mouettes traversait l'air opaque. Elle vit tout à coup que la dernière marée avait laissé de nombreux trésors. Marie-Capucine se pencha pour ramasser un dollar de sable, au duvet gris foncé, presque noir. Depuis l'enfance, lorsqu'elle en trouvait un, elle l'agitait à son oreille pour entendre parler les petits ossements en forme d'oiseaux.

Mais ce matin-là, un bruit la fit sursauter. Le dollar de sable lui glissa des mains et se fracassa sur les galets. La brume s'était dissipée et un homme se tenait devant elle.

— Mon Dieu, vous m'avez fait peur !

— Excusez-moi, mademoiselle Capucine…

Le Renard était réapparu.

— Monsieur Marin, il va falloir s'entendre une fois pour toutes. Vous ne pouvez pas toujours surgir ainsi dans notre vie. Comme un intrus. Je déteste ça. Votre venue me dérange. Qu'est-ce que vous cherchez en revenant ici ? Que voulez-vous, enfin ?

Le silence se faisait de plus en plus lourd. Marie-Capucine, en maillot de bain, resserra de ses deux mains la serviette enroulée autour de son corps. Elle se tenait sur le qui-vive, prête à s'enfuir, à courir, au moindre geste de l'homme qui aurait laissé un doute sur ses intentions. Il ne bougea pas. Le soleil s'était dégagé complètement de ses voiles et le scintillement sur la mer le rendait aveuglant. Le Renard plissa les yeux, ses genoux fléchirent et il se retrouva allongé sur la grève. Elle vit des larmes se répandre sur son visage anguleux. Marie-Capucine s'éloigna et pénétra dans l'eau glacée.

Elle nagerait jusqu'à l'autre rive s'il le fallait, mais pour l'instant elle restait près du rivage. Quelque chose en elle, malgré elle, l'attirait vers cet homme allongé sur la grève, pourtant elle résistait de toutes ses forces. La peur la poussait à la fois à s'enfuir et à revenir vers le danger ressenti. Elle était comme ensorcelée. Tout à coup, elle ne sentit plus ses jambes. L'eau polaire les paralysait. Son corps n'avançait plus, elle n'arrivait plus à regagner la rive. Elle cria. Alors l'homme couché se dressa et fonça vers elle. Il entra dans l'eau, la prit dans ses bras et la ramena sur le rivage. Il l'allongea enfin sur sa serviette de plage et se mit à frictionner vigoureusement le corps bleui, secoué de spasmes et de frissons. Les yeux mi-clos, elle répétait : doucement… doucement… Les mains du Renard s'agitaient dans tous les sens. Affolées. Pétrissant la chair que le sang avait déserté. Puis, petit à petit, les mains ralentirent le mouvement, devinrent effleurements, puis caresses. Les mains se faisant plus intimes sur son corps, le désir monta en elle. Elle en eut peur et ouvrit les yeux. Le Renard, assis sur elle, la tête renversée vers le ciel, laissait ses mains parcourir cette chair comme on retrouve un amour que l'on croyait perdu. Avec une infinie douceur.

Elle murmura : monsieur Marin ?

Il sortit alors de l'état second dans lequel il était tombé. Il regarda longuement cette jeune femme qui aurait pu être sa fille. Et se dit qu'il l'aimait. Désespérément.

— J'ai froid, ajouta-t-elle.

Alors sans dire un mot, il s'allongea sur elle. Elle sentit son odeur fauve, le souffle chaud du Renard dans son cou. Les mains délicates de Marie-Capucine pénétrèrent la chevelure roux argenté. Jocelyn releva la tête, plongea ses yeux sombres dans les siens, et lui souffla son haleine chaude et sucrée d'alcool sur sa bouche entrouverte.

Elle ouvrit les lèvres et le ciel bascula d'un coup.

Une passion furieuse s'empara d'eux. Le Renard fit sa tanière de ce jeune corps. Jamais rassasié, il la prit du début du jour au crépuscule, une haute tension parcourant tout son corps. Dans un vertige profond, la jeune femme se saoulait de cette énergie qui, après l'avoir portée à l'extase, la laissait brisée, confuse, dans une lassitude extrême, bienheureuse. Elle s'endormait alors, ne distinguant plus que faiblement les contours de la réalité. Le Renard la prenait, et elle s'immolait. En trois jours seulement, elle ne reconnut plus rien de ce qu'avait été sa vie.

À Léo, au téléphone, elle répondit qu'elle se sentait fatiguée, qu'elle dormait de nombreuses heures. L'homme d'expérience qu'était Léo sentit bien qu'il se passait quelque chose. Et comme il ne rentrait que dans deux jours, il demanda à leur voisine Julie d'aller jeter un coup d'œil à la maison. Mais la Julie ne put pénétrer le nouvel antre du Renard. Marie-Capucine la refoula dès l'entrée, prétextant une forte migraine due à ses règles. Avant de se retirer, Julie eut tout de même le temps de constater le désordre inhabituel qui régnait dans la cuisine. L'apparence de Marie-Capucine laissait supposer un état dépressif: les cheveux emmêlés, son teint, superbe il y a cinq jours, laissait voir autour des yeux des cernes violacés qui lui donnaient un regard fiévreux et lointain. Au milieu de l'après-midi, elle portait encore une longue chemise de nuit, sans manche et elle essayait par gestes répétés de relever sur ses épaules un châle de lin qui cachait mal des ecchymoses sur ses bras. Julie se retira sans insister, mais fut très inquiète de l'état de sa voisine. Dans un petit village, on en vient à connaître chacun de façon si personnelle que le moindre écart à la vie courante trahit les gens. Julie devina que quelque chose ne tournait pas rond chez sa jeune amie, mais peut-on forcer la porte d'une personne qui se terre dans son malheur ou sa souffrance ? On peut s'en inquiéter, vouloir intervenir, mais il faut user de délicatesse. En insistant pour apporter de l'aide, on peut, au contraire, faire fuir celui ou celle que l'on veut aider.

Le téléphone sonne. Julie répond. Léo s'inquiète de ne pas pouvoir rejoindre Marie-Capucine en ce samedi matin. Julie lui fait part de sa visite d'hier, promet d'y retourner dans l'heure qui vient et de le rappeler tout de suite après. Elle parle ensuite à d'Artagnan qui lui confirme qu'ils rentreront des Îles, lundi, en début d'après-midi.

Julie chausse ses sandales en cuir. Elle les a elle-même décorées de fleurs. À quarante-deux ans, elle a toujours son allure de jeune fille, comme si le poids des années et des grossesses n'avait pas eu d'emprise sur elle. Elle s'alimente bien, à même un potager généreux qui lui fournit des légumes et fruits biologiques pour l'année. En effet, en plein cœur de février, on peut déguster à sa table une tarte aux framboises cueillies en août dernier ou une sauce aux tomates sucrées qu'elle a soigneusement congelée. À l'automne, son garde-manger est une caverne somptueuse de bocaux, de boîtes en métal renfermant tous ses trésors : marinades, confitures, cerises qui macèrent dans l'alcool ; sirop d'érable de monsieur Aldéore ; farines de toutes sortes, riz basmati, pâtes de soya et de kamut ; huiles variées, vinaigres parfumés ; paquets d'algues Wakame et Nori. La cuisine est devenue une véritable passion qui lui permet d'exprimer sa créativité en toute liberté. Quotidiennement. C'est ainsi que les voyageurs qui s'arrêtent à la Maison de Paula ne cessent de s'émerveiller à la table de ses petits déjeuners, une des bonnes adresses de la Gaspésie. Ce matin-là avant de s'y rendre, Julie s'arrêtera pour une visite à Marie-Capucine comme promis.

À la maison de la falaise, les rideaux sont tirés. La belle aux bardeaux bleus semble dormir, couchée dans les bras des grands pins maritimes. Quelques mouettes viennent du large. La mer, plutôt calme, roule doucement sur les galets. Une baleine à bosse vient d'apparaître au-dessus d'une vague, si proche qu'on la distingue aisément. Dans son ballet somptueux, elle laisse échapper un jet puissant. Elle vient de jaillir des eaux mystérieuses, comme un gros polichinelle, avant de replonger tout aussitôt dans l'abysse bleu. Julie frappe à la porte.

Le Renard, en maître céans, se tient droit et fier dans l'embrasure.

— Bonjour ! Julie, je crois ?

Sa voix s'est faite douce, enjôleuse. Julie plisse les yeux, cherchant le souvenir fugace. Ça ne vient pas. Pas encore.

— Je suis un ami de la famille. Marie-Capucine dort encore. Je peux lui dire que vous êtes passée.

— Elle va bien ?

— Oui, tout à fait. Nous avons veillé tard la nuit dernière sur la grève… à compter les étoiles… c'est long, elles sont nombreuses, dit-il en éclatant d'un rire qui ravive la couleur de ses yeux et anime ses joues.

Sa barbe n'est pas rasée et sa large main redresse, d'un geste leste, une mèche qui tombe sur son front. Julie observe cette main et croit la reconnaître, cette main tachée des embruns de la vieillesse.

— C'est ça, dites-lui s'il vous plaît que je suis passée.

Et la jeune femme fait demi-tour. Arrivée sur le chemin, elle se met à courir tout droit chez Irène. Elle frappe à la porte qui n'est jamais barrée et pénètre d'un même élan dans la cuisine.

— Julie ! Dans quel état tu es !

Julie a le souffle court, les cheveux en bataille et le corps tremblant. Elle essaie tant bien que mal de raconter…

Il est revenu. Encore. Une autre fois. Je n'ai pu voir Marie-Capucine qui dormait. Irène, j'ai peur. Le malheur vient à nouveau de s'emparer de la maison de la falaise. Sa main sur moi… sa main sur moi… comme Mélodie. Sa main leste, rapide qui fouillait ma blouse au retour de l'école… J'attendais Mélodie qui était montée dans sa chambre pour se changer. Il s'est approché de moi… sa main dans mes cheveux… il me disait que j'étais jolie, plus jolie qu'elle, de ne pas avoir peur et… et… sa main chaude avait entrouvert mon chemisier blanc et… et…

Julie était en proie à une nervosité extrême qui la faisait parler en hoquetant. On aurait dit qu'elle manquait d'air. Irène la fit asseoir, la rassura. Ne pas s'inquiéter, elle et son mari se rendraient à la maison parler à Marie-Capucine. Peut-être n'était-ce pas celui qu'elle croyait avoir reconnu ? Julie pleurait sans pouvoir s'arrêter.

Le Renard n'avait pas perdu de temps.

— Allez ma princesse, on s'en va faire le tour du monde !

Marie-Capucine avait sauté dans un jeans, décroché un châle suspendu sur le crochet près de l'entrée, pris les clés. Elle avait déserté le nid. La maison des amours. Elle partait, emportée au loin, kidnappée par l'animal à la chevelure fauve. Quinze minutes à peine s'étaient écoulées. Ils roulaient à présent sur la route sinueuse qui bordait le fleuve. Le Renard conduisait vite, sa mèche rebelle lui barrant le front, ses mains larges sur le volant. Il fredonnait une chanson. Comme à vingt ans, il voulait recommencer sa vie. Ils s'arrêtèrent à Marsoui pour acheter de la bière, des sandwiches et faire le plein d'essence. La vue de la cabine téléphonique la réveilla soudain. Que faisait-elle ici ? Elle pensa à Léo qui devait l'appeler des Îles ce matin... elle regardait l'employé laver les vitres de la Jeep Cherokee... le Renard qui revenait des toilettes, la clé au bout des doigts... il s'arrêta pour l'observer... perçut immédiatement son désarroi... s'élança vers elle, posa sa main sur la sienne... cette main... si puissante... Le petit animal effarouché était pris au piège. Encore une fois.

— Qu'est-ce qu'on fait ici ? Où va-t-on comme ça ? demanda-t-elle.

Des enfants traversèrent la rue en riant. Ils la reconnurent.

— Bonjour mademoiselle Capucine. Monsieur Léo n'est pas avec vous ?

C'était des élèves que Léo avait eus en cours de dessin à la chapelle. Elle leur fit signe que non de la tête. En les regardant s'éloigner, elle s'accrocha à leur vue, comme si cela lui permettait de demeurer dans une certaine réalité, dissipant momentanément son sentiment d'être perdue. Quand le Renard retourna à l'intérieur du garage-dépanneur pour payer, Marie-Capucine sortit de la voiture et se dirigea vers la halte routière, face à la mer. Tout venait de s'évanouir, le charme était rompu, l'emprise avait cessé. À présent elle n'osait même plus regarder derrière elle, de peur de rester figée dans ce passé des derniers jours. Elle regardait droit devant, vers le large. La mer l'avait ramenée au port.

Le Renard l'observa de loin, mais ne fit pas un geste pour la rappeler. Lui aussi devait prendre la fuite. Il se voyait rechuter, sombrer à nouveau. Il fallait fuir et vite. Elle entendit une portière claquer, un moteur s'ébrouer, des pneus crisser. Elle risqua un coup d'œil vers le garage. Tout était redevenu calme, dans un temps suspendu. Un chat gris traversait la rue. Une radio tout près venait d'être allumée. Une chanson country en sortait, susurrée d'une voix nasillarde. On entendait aussi le cri des mouettes. Des odeurs de frites et de saucisses flottaient dans l'air. Il était midi. Les enfants avaient disparu.

Marie-Capucine passa ainsi trois heures assise sur un banc de parc du village de Marsoui, dans le soleil chaud d'un samedi matin du mois de juin. Et soudain, elle n'eut qu'une envie. Urgente. Elle se dirigea vers le vieil autobus jaune et bleu qui abritait la cantine des Flots Bleus. Elle s'offrit un cornet de glace à la vanille et revint s'asseoir sur le banc, face à la mer. À chaque lichette de crème glacée, elle fermait les yeux à demi. D'autres souvenirs de sa jeunesse refaisaient surface: l'odeur du varech qui lui chatouillait le nez, les paillettes de l'eau qui la faisaient cligner des yeux, le vent chaud soulevant ses cheveux. Elle remonta ainsi jusqu'au temps de la maison de la falaise qui l'avait vu grandir sous le regard d'Étienne et d'Elvire, ses parents si voyageurs. Elle revit le jour où elle avait fait la connaissance de Léo, perché sur les échafaudages à peindre le clocheton de la chapelle. Et leur amour paisible lui revint au cœur, comme le lever du jour sur une mer tranquille. Et ce fut comme si elle venait d'échapper à l'ensorcellement d'un autre temps, plus lointain que le sien.

Elle courut vers la cabine téléphonique pour appeler Julie. Elle la joignit non pas chez elle, ni à la Maison de Paula, mais à la maison de la falaise.

— On s'inquiétait, dit Julie, où es-tu ?

— Je suis au garage de Marsoui. Pouvez-vous venir me chercher ?… Non je n'ai pas la Jeep ! ! ! Je vous expliquerai.

Pendant que Julie se rend à Marsoui, Irène est venue les attendre à la maison de la falaise et prépare le café. Elle constate qu'il n'y a plus grand-chose à se mettre sous la dent. Le réfrigérateur est presque vide et le désordre des lieux témoigne de la tempête qui vient de traverser cette maison. Tout est à la dérive : des couvertures enroulées pêle-mêle, comme un lit de fortune au salon. Des mégots de cigarettes dans des soucoupes, des bouteilles d'alcool sur le sol, des miettes de nourriture sur le tapis, un abat-jour renversé, et surtout cette odeur … de bière et de tabac, comme lorsqu'on pénètre dans un bar à onze heures du matin et qu'à l'odeur aigre du houblon, on voit apparaître les fantômes titubants de la nuit.

Irène ouvre toutes grandes les fenêtres et s'affaire, mettant un peu d'ordre et d'harmonie en ce lieu d'habitude si odorant et propre. Tout en travaillant, elle se dit qu'il a fallu un événement terrible pour que la maison soit ainsi souillée. Elle reconnaît bien là le passage du Renard. Des souvenirs lointains lui reviennent du temps où elle venait porter un gâteau ou des confitures à Murielle. Elle a déjà été témoin d'un pareil charivari. Jocelyn saoul mort, endormi, devant la télévision, dans la pénombre et la tourmente. Malgré les nombreuses visites à sa voisine, Irène n'était jamais parvenue à devenir intime avec Murielle, qui s'échappait sans cesse, ne voulant pas être de ce village, de Cap-au-Renard, ce trou perdu en Gaspésie. Irène à l'époque n'avait jamais insisté sachant qu'on ne peut forcer l'amitié ou l'affection.

Ce matin, en préparant une omelette aux oignons avec ce qu'elle a pu dénicher tant bien que mal, elle revoit la vie de Cap-au-Renard se dérouler dans sa mémoire. Avec ses histoires et ses légendes.

Tant de vies avaient traversé ce village au chemin unique. Des années de bonheur et des années de drames. Chaque maison possédait son récit, ses secrets. Ses ombres et lumières. Passages de vies et de morts. À chacun sa quête, à chacun ses outils. Pour certains : ceux de la connaissance et de la compassion ; pour d'autres : ceux de l'ignorance et du jugement. Choisissons-nous d'agir ou de réagir ? De vivre ou de survivre ? D'écouter ou de résister ? D'ouvrir ou de fermer ? De croire ou de renier ? Chaque instant est porteur du choix que nous faisons. Chaque fois que nous choisissons de répondre par la colère ou le ressentiment nous participons à la violence du monde. Chaque fois que l'humilité et la générosité deviennent actions, nous participons à la douceur du monde. Irène avait compris cela en méditant quotidiennement dans son jardin, à regarder la vie pousser. Avec les mains humbles qui désherbaient, sarclaient, cueillaient.

La maison fut bientôt prête pour le retour de Marie-Capucine. Toutes traces du passage néfaste avaient disparu. Le vent chaud soulevait les rideaux des portes-fenêtres de la véranda. Le vaisseau bleu de la falaise avait repris son cours, voguant léger dans cette journée de juin.

Julie entra tenant par la main une Capucine fragile qui semblait s'éveiller d'un long coma, regardant avec des yeux étonnés sa propre maison. Les trois femmes prirent place à la table odorante. Leurs bras s'allongèrent de part et d'autre, nouant leurs mains et formant un cercle sur la nappe brodée. Irène prit la parole :

— Que cet instant nous soit favorable. Soyons reconnaissants à la Vie de nous accorder la présence de ceux qu'on aime et demandons-Lui de protéger ceux qui sont au loin. Bénissons cette nourriture que nous allons prendre. Amen.

Marie-Capucine n'arrivait pas à manger, ni à raconter ce qui s'était passé, elle se sentait honteuse et désemparée. Le téléphone vint la rescaper. Tout de suite la voix de Léo la rassura. Il rentrait après demain, lundi, en début d'après-midi.

Le retour de Léo redonna la quiétude au cœur de sa femme et à l'âme de la maison. Il n'insista pas pour que Marie-Capucine donne des détails sur ce qui lui apparaissait avoir été une ivresse, comme on en rencontre parfois dans la vie. De ces rencontres passionnelles qui viennent bousculer le cours paisible de notre existence. Il en reconnaissait les dangers, mais savait également que cela lui appartenait à elle et qu'il n'avait pas à intervenir. La jalousie ne l'avait jamais frôlé. Il acceptait que cette rencontre avec le Renard s'inscrive dans un espace qui la concernait elle seule. Elle lui avait tout dit en mentionnant que l'homme avait passé cinq jours ici, qu'ils avaient trop bu, qu'elle s'était sentie happée, qu'il lui inspirait de la crainte, mais qu'il la fascinait tout à la fois. Une sorte d'hypnose qu'elle ne s'expliquait pas. La compassion, dans un premier temps, pour cet homme vieillissant s'était muée en envoûtement. Il représentait le père, l'amour interdit qui attire et qui séduit, qui fascine. Mais elle n'insistait pas sur l'essentiel : ils s'étaient prêtés au jeu dangereux d'une passion et pendant cinq jours, foudroyés du même élan charnel, ils s'étaient consumés jusqu'à perdre pied avec la réalité. La brûlure demeurait encore sur sa peau.

Quelques jours plus tard on retrouva la jeep qui avait été abandonnée à Matane. Tout sembla reprendre son cours normal. Mais quelque chose de sournois restait imprégné dans la maison de la falaise. Comme si l'odeur du Renard se faisait à nouveau sentir à travers les murs. La nuit n'apportait pas le sommeil, réveillant plutôt les fantômes du passé. Marie-Capucine se débattait sans trop comprendre ce qui lui arrivait. Elle devint désormais semblable à une errante, le jour comme la nuit.

On raconte que l'hiver de sa vie arriva par une de ses nuits blanches devenues si fréquentes. Un vent chaud caressait alors la mer noire. Si intense que les pins maritimes tremblaient d'être déracinés. C'était une tornade qui montait dans la fin de l'été. La maison se plaignait curieusement comme une femme dans la jouissance. À quatre heures du matin, incapable de trouver le sommeil, Marie-Capucine, en robe de nuit, s'enroula dans un châle de soie, et descendit vers la grève. Et pendant que les fleurs de l'été finissant se tordaient dans le grand vent, elle entra dans l'eau glacée. Un goéland cria. Sur la crête d'une vague, où elle avait nagé trop loin, Mélodie lui tendait la main.

Elle se noya comme on noie un chagrin. On a alors dit que le sien était plus ancien que sa mémoire. Qu'il avait appartenu à une autre femme qui avait vécu bien avant elle et qui, de façon mystérieuse, le lui avait légué. Il fallait que Marie-Capucine meure à son tour pour que s'accomplisse le destin du Cap-au-Renard.

C'est à Marsoui, que des enfants, jouant sur la grève, découvrirent le corps gonflé de Marie-Capucine. La marée l'avait portée, puis rejetée. Léo ne versa aucune larme. Enroulé dans le châle brodé qu'on avait retrouvé, il se terra dans la maison. Les funérailles eurent lieu sans lui à la chapelle. Il refusa d'y assister. Et dans les jours qui suivirent, il réalisa qu'il n'arriverait pas à vivre là sans Marie-Capucine et décida de quitter la maison. Il barricada portes et fenêtres, avisa le voisinage qu'il se retirait dans sa cabane, construite quelques années auparavant sur les hauteurs de la montagne, derrière Cap-au-Renard. C'était pour un certain temps, celui de faire son deuil. Il avait besoin d'être seul. Il avait aimé cette femme plus que lui-même. La mort la lui avait volée. Il se sentait démuni. En colère. Contre Dieu, même. Sa vie venait de s'effondrer.

Pourquoi fallait-il qu'il soit arraché à tout? Était-il vraiment nécessaire de passer par là? Quel était le but? le message? le passage? Une initiation? À quoi? La colère de Léo grondait, sourde, muette. Il passa ses journées à sculpter des branches d'érable. Du début du jour à la tombée de la nuit, il s'assoyait à la fenêtre et travaillait la matière pour en faire surgir la forme de son tumulte intérieur. Pendant quatre mois, il vécut ainsi. L'hiver était venu, ses cheveux avaient poussé, sa barbe aussi. Il grisonnait à présent sur les tempes et une longue mèche rebelle lui tombait sur les yeux. Il n'y avait maintenant que ses mains d'artiste qui demeuraient alertes, créatrices. Le cœur avait durci comme le regard. Il chaussait bien ses raquettes pour descendre visiter ses anciens voisins, Irène et le marcheur de la grève, une fois la semaine, afin d'aller s'approvisionner. Eux mis à part, il ne voyait plus personne. Il vivait en ermite. Même la prière s'était tue. Sa foi s'était consumée en même temps que le corps de Marie-Capucine qui reposait dans l'urne déposée sur la tablette de la fenêtre. Les seuls biens que Léo avait apportés avec lui, dans sa retraite, étaient quelques reliques célébrant l'amour qui avait ensoleillé sa vie d'orphelin: une photo d'elle, sa chaîne, sa bague, un lampion toujours allumé, une branche d'eucalyptus et un galet de la grève, en forme de cœur, qu'il avait choisi parmi tous ceux que Marie-Capucine avait collectionnés tout au long de sa vie. En quittant la maison de la falaise, Léo était allé rapporter à la grève tous les autres cailloux, les disposant ici et là comme une semence désespérée.

Cependant, la révolte continuait de gronder dans chacune de ses pensées. La neige ensevelissait ses larmes, ses appels au secours et ses cris. Il maigrissait. Il alimentait le feu pour réchauffer sa cabane, source unique de lumière dans sa nuit et il réfléchissait. Il pensait au Renard qui, toute sa vie, avait mis son chagrin au fond d'une bouteille. Cette soif maléfique, dévastatrice, avait semé le deuil partout. Le Renard, son errance, sa solitude. Il se demandait s'il allait lui aussi vivre pour toujours dans cette désolation du cœur ?

Pourtant un jour, tout s'éclaira.

TROISIÈME PARTIE

LE PARDON

Ce fut un matin de neige floconneuse. Très doux. Les conifères plusieurs fois centenaires paraissaient écouter, immobiles, dans le silence de la forêt. On était loin de la mer. Le paysage était celui d'un conte : un chemin sinueux se dérobait sous les arbres, en gravissant la montagne. Une cabane disparaissait comme un gâteau sous la crème. Une fumée s'élevait en volutes qui formaient des cœurs indécis dans le ciel. Un voyageur, chaussé de raquettes, s'avançait dans le sentier, traversé de pistes de lièvre toutes fraîches. Avec sa tuque enfoncée et un foulard enroulé autour du visage qui ne dévoilait qu'une mince fenêtre pour les yeux, il ressemblait à ces femmes arabes portant le voile traditionnel. Il boitait, comme gêné par son sac à dos, laissant dans son sillage une vague de neige bleue. Les écureuils s'arrêtaient pour laisser passer la silhouette sombre d'où s'exhalait une vapeur blanche. Qui pouvait bien apparaître ainsi au bout du sentier ? se demandait Léo assis à la table devant la fenêtre.

Il recevait rarement de la visite. Parfois, le marcheur de la grève poussait jusqu'ici sa randonnée en skis. Mais ce n'est pas sa silhouette mince et élancée, se disait l'ermite de la montagne. Il n'avait pas la moindre idée de l'identité du visiteur présent à sa porte.

Il ouvrit donc avec précaution. Et se figea dans la surprise.

— Mais c'est impossible ! Qu'est-ce que tu fais ici ?

La voyageuse retire ses raquettes, secoue ses bottes et pénètre dans la maison de cèdre odorant, déroule son foulard, enlève sa tuque et Léo retrouve, sur un visage de lune au crâne rasé, le sourire chaleureux de Murielle.

— Eh bien, dis donc, il faut en faire du chemin pour te trouver ! dit-elle joyeusement, visiblement très heureuse de retrouver son ami rencontré quelques mois plus tôt sur le corps chaud des Îles-de-la-Madeleine.

Et ils reprennent la conversation là où ils l'ont laissée. Cependant ici, au coin du feu, tout ce que Murielle n'arrivait pas à lui dire là-bas se dévoile enfin. Elle lui confie l'essentiel de son histoire. Elle lui dit qu'après leur rencontre, quand elle a compris qu'il habitait la maison où elle avait vécu en Gaspésie, elle n'avait pu ignorer ce signe du destin. Elle avait senti qu'il lui fallait retourner, non seulement sur le continent, mais bien à Cap-au-Renard, là où sa vie avait dérapé. Pour poursuivre « son pèlerinage de guérison », comme elle le nommait. C'est alors qu'elle avait tenté de le joindre par courriel ou par téléphone, mais en vain. Cependant, rien ne pouvait plus la ralentir dans cet élan du retour. Elle s'était donc décidée à quitter les Îles définitivement. C'est comme ça qu'elle était arrivée au village la veille. L'autobus l'avait laissée devant la maison d'Irène. Celle-ci l'avait reconnue tout de suite et s'était montrée chaleureuse, lui offrant le gîte pour la nuit et ce matin, le marcheur de la grève l'avait accompagnée dans la montagne pour lui montrer le chemin. Il venait de la quitter pour redescendre, voulant la laisser seule dans ses retrouvailles avec Léo. Elle ajoute que, pour l'instant, elle ne désirait pas pousser plus avant sa reconnaissance du village. Ce serait pour plus tard en sa compagnie à lui, s'il voulait bien la guider dans ce retour d'exil.

Après une pause, elle lui avoua :

— Ma prochaine étape est de me pardonner ma fuite, mon exil. Me pardonner d'avoir abandonné ma fille…

Marie-Capucine avait donc vu juste, pensa Léo. Il l'écoutait, ému et reconnaissant. Cette femme ne se doutait pas encore à quel point sa venue venait le tirer de sa tourmente. La vie, si merveilleuse parfois dans son mystère, venait d'orchestrer ces départs, ces rencontres et ces retours pour dénouer tous les nœuds de la souffrance. Il lui fit part à son tour des événements des derniers mois. Le décès de Marie-Capucine. Sa descente aux enfers de la colère. Son repli ici sur les hauteurs de la forêt.

Léo a le cœur dans la gorge. Enfin, après plus de six mois, il s'abandonne au chagrin. La peine logée dans la colère fond en larmes. Le deuil peut poursuivre son cours. Sa bien-aimée ne lui appartenait pas. Elle lui avait été prêtée comme une fleur unique, une capucine. Leur amour avait duré sept ans. Elle lui avait dit une fois qu'elle mourrait un jour de fin d'été. Elle ne savait pas comment, mais elle le savait. Elle avait même ajouté qu'elle avait besoin de lui pour préparer le voyage… Marie-Capucine disait parfois des choses étranges… comme si elle pouvait déchiffrer l'avenir. Léo n'avait pas posé de questions, mais s'était mis à peindre des capucines partout sur les murs de leur maison. Pour fleurir ainsi la mort qu'il sentait souveraine dans l'âme de sa bien-aimée. Et ce, depuis longtemps.

Léo fit silence… Allait-il lui parler de l'étranger qu'on avait surnommé le Renard et qu'elle connaissait assurément ? Pas tout de suite. Cela ravivait en lui une mémoire trop douloureuse. Ce serait pour plus tard. Tant de rumeurs avaient circulé… Il préférait attendre avant de ranimer tout ce passé. Et il reprit plutôt son monologue amoureux.

— Elle me disait venir de loin. De la mer. Comme j'aimais la danse de son corps, les vagues de ses cils et cette façon toute sensuelle qu'elle avait de me regarder du coin de l'œil. Avec ses joues en fleurs, elle était une gerbe déposée au mitan du lit. C'est ainsi que je l'ai aimée la première fois et toutes les autres fois qui ont suivi… Ensemble, nous avions fait le pacte de la vie. S'aimer nous faisait franchir le vertige que je ressentais en elle et…

La voix de Léo avait fléchi. Il n'acheva pas sa phrase. Le souvenir de cet amour ravivait une douleur aiguë. Il se leva pour attiser le feu. Les heures filèrent en silence…

Au petit matin, le froid réveilla Murielle toute pelotonnée contre Léo, le visage rouge et ridé comme une vieille Inuk. Léo se leva pour rallumer le feu. Il se sentait revivre tout à coup. La présence de cette femme faisait sortir l'ours de son hibernation. Il prépara le café et des tartines grillées, du saucisson et des œufs brouillés. Il avait faim. De vivre !

— On descend se réinstaller au village.

Une autre vie devait être prêtée à la maison de la falaise. Ce serait la dernière. Pour parachever sa mission. Harmoniser l'écho des larmes et des voix, des cris et des chansons. C'est ce que dit la légende villageoise.

La route du retour fut pénible. Ils descendirent dans le froid incisif, chaussés de leurs raquettes, avec pour seul bagage l'urne de terre cuite rapportée du Mexique par les parents de Marie-Capucine, celle qui contenait à présent les cendres de leur fille. Léo abandonnait tout au nid sculpté de sa souffrance : les yeux et la bouche de sa bien-aimée taillés dans les poutres, des goélands aux ailes déployées et des dizaines de cœurs rouges cloués sur les murs.

La route d'aujourd'hui s'ouvrait vers un nouvel horizon, un autre départ pour chacun. Ils marchaient en silence. Dans la pensée de Murielle défilaient des instants du passé pénibles et lourds comme l'étaient ses pas dans la neige. Léo, qui la précédait, l'entendait souffler. Il ralentit et l'attendit au détour du chemin. Un parfum sauvage de sapinage embaumait l'air. Murielle le rejoignit. L'attention de Léo fut captée par la fumée rose qui s'échappait de la bouche de Murielle demeurée enfantine, malgré les années qui sillonnaient son cou et qui déposaient des ailes de pervenche, qu'elle disait, autour de ses yeux. Il lui passa la gourde. La tête renversée, elle but goulûment, comme si c'était une eau venue du ciel et de l'avenir. Son cœur qui, depuis le départ, lui cognait aux tempes, se calma soudain. Ils reprirent leur descente. Arrivés non loin de la première habitation, à flanc de montagne, là où passe le ruisseau qu'il faut enjamber, ils l'aperçurent. Son pelage roux argenté faisait contraste sur la neige immaculée. La bête s'immobilisa. Ses yeux d'or fixaient Murielle et Léo. Était-ce un présage du retour de l'autre ?

On aurait dit que la maison de la falaise avait attendu Léo. Bien qu'esseulée, elle avait survécu au froid et à l'isolement. Rien n'avait été altéré. Aucune vitre brisée, aucun bardeau arraché. Elle se tenait stoïque dans le vent du nord, repliée sur elle-même, les volets fermés. Elle semblait dormir paisiblement quand le nouveau couple arriva.

Ils franchissent à présent le banc de neige amassée devant le perron. Quand ils ouvrent, l'humidité les saisit. Léo s'empresse d'allumer un feu dans le poêle de la cuisine, ainsi que dans le foyer du salon. Une fine poussière recouvre les meubles et les objets. Murielle, de son côté, se débrouille pour dénicher de quoi préparer une tisane. Les crottes de souris montrent qu'en l'absence de Léo la maison a continué de vivre.

Murielle n'a prononcé aucune parole. Elle observe, fascinée. De se retrouver sur les lieux d'hier la laisse perplexe et déboussolée. Tout est tellement changé. La couleur des murs, les nouvelles armoires de cuisine, le mobilier, les pièces aménagées différemment, la porte-fenêtre, la véranda, la terrasse… ça n'est plus la maison modeste de bardeaux où elle a vécu il y a plus de trente ans. Mais quelque chose la met en alerte. L'escalier. Ces marches interminables qui mènent au grenier. Elle a toujours appréhendé de les retrouver. Peur de les franchir. Peur de découvrir Mélodie là-haut, les yeux grands ouverts, qui l'attend.

Elle s'approche, la touche, elle est froide. Morte. Murielle a fait ce cauchemar des dizaines de fois. Elle avait quitté Cap-au-Renard sans revoir sa fille et elle n'avait jamais plus donné de nouvelles. À personne. Elle n'avait appris son suicide que des années plus tard. À partir de ce moment, la culpabilité s'était emparée de sa vie. Et un désir de se venger de Jocelyn l'avait tenaillée. Elle le tenait responsable de la mort de Mélodie et de l'échec de sa vie. Sournoisement, le ressentiment, au fil des ans, avait tissé sa toile en elle, étouffant toute compassion. Elle ne pourrait accéder au pardon des autres, qu'en se pardonnant à elle-même. Elle le savait et c'est le chemin qu'elle empruntait dans ce retour à Cap-au-Renard.

Aujourd'hui, elle veut franchir cet escalier, mais elle demeure immobile. Léo l'observe discrètement. Lui aussi a beaucoup à apprivoiser. Heureusement, le temps passé n'est pas pressé, il a tout son temps. On ne peut rien faire pour le rattraper. Il reste à vivre le présent.

La prière de la sérénité monta aux lèvres de Murielle :

« Mon Dieu, donnez-moi le courage de changer ce que je peux, la sérénité d'accepter ce que je ne peux changer et la sagesse d'en connaître la différence. »

Cette simple prière, elle l'a récitée souvent depuis neuf ans. À chaque fois qu'elle n'arrivait plus à franchir le présent, parce qu'elle était trop absorbée par le passé ou paralysée face à l'avenir. Elle se souvenait l'avoir lue pour la première fois, à l'adolescence, sur la table de chevet de sa mère. Une femme sainte qui avait passé toute sa vie avec un alcoolique. Plus tard, Murielle n'avait fait que reprendre le chemin connu, investie de la même peur et de la même souffrance que son père. Celle de fuir. Ailleurs. C'est beaucoup plus tard qu'elle mesurerait les conséquences de sa fuite et qu'elle comprendrait les racines de son mal. Les enfants d'alcooliques ne veulent pas devenir comme leurs parents, mais ils en suivent souvent, malgré eux, les traces. Comme si cette maladie s'infiltrait dans la mémoire du sang. Ils ont eu mal et ils continuent de se faire mal. Murielle avait hérité la souffrance de son père. Elle avait recherché des hommes semblables à lui. Cette quête, pour retrouver l'amour du père, l'avait toujours laissée mal-aimée, meurtrie, rejetée.

Ils restèrent écrasés au chaud tout l'après-midi. En fin de journée, alors que la noirceur envahissait les fenêtres, la faim se fit ressentir. Léo se secoua comme un saint-bernard qui aurait dormi tout l'hiver et prit le chemin de chez Irène. Il savait qu'il pouvait compter sur l'hospitalité légendaire de sa voisine, pour trouver de quoi manger pour ce soir. Demain matin, il irait récupérer la jeep entreposée dans un garage de Marsoui et ils iraient faire les courses. Murielle préférait l'attendre ici. Elle ne se sentait pas d'humeur à voir trop de monde. Elle était submergée par des émotions diverses. Elle se sentait rassurée de se retrouver dans sa maison de jadis en compagnie de Léo et, en même temps, elle éprouvait une anxiété face à l'avenir. Elle avait besoin de temps pour apprivoiser ce retour.

— Va. Va. Va me la chercher. Vous allez manger avec nous !

Impossible de contredire Irène. Refuser son invitation, c'était la priver d'un plaisir qui rayonnait dans toute sa personne : accueillir à sa table celui qui passe. Cette femme avait une âme d'aubergiste, un cœur de mère universelle et possédait des talents de cuisinière exceptionnels. Sur la carte de la Gaspésie, cette halte privée, pour ceux qui avaient le privilège de la connaître, demeurait le lieu unique de l'échange et de la fête. Ce soir-là, à la grande table de chêne, entourée des hôtes, de Léo, de d'Artagnan et de Julie qui avaient été invités à se joindre à eux, Murielle éprouva le sentiment de faire partie à nouveau d'une famille. Irène lui proposa de dire le bénédicité.

— Mon Dieu, merci pour cette nourriture préparée avec tant de soin et donnez à ceux qui…

Sa voix tremblait, elle s'arrêta. Son regard s'accrochait à Julie et elle la revoyait enfant, revenir de l'école, main dans la main avec sa fille Mélodie. Elle se racla la gorge, essayant de contrôler les larmes qui lui montaient aux yeux.

— Et prenez soin de ceux que l'on aime et qui sont au loin.

— Amen, enchaîna Julie.

Sans pudeur, sans omission, Murielle raconta sa vie depuis son départ de Cap-au-Renard. Elle partagea les sentiers de ronces qu'elle avait empruntés. Lors de certains passages plus difficiles, Irène lui souriait pour l'encourager à poursuivre son récit. Pour Murielle, raconter sans détour sa défaite lui permettait d'atténuer la culpabilité et d'assujettir cet orgueil qui lui avait coûté si cher. La tablée l'écoutait religieusement, respectant les longs silences qui ponctuaient son récit.

Julie, cependant, semblait perdue dans son émotion. Lointaine. Dans la voix de Murielle, elle retrouvait l'écho muet de son amie d'enfance. Elle en voulait encore à Murielle d'avoir abandonné Mélodie, et elle la tenait responsable de sa mort.

Pourtant ce soir, à écouter cette revenante qui cherche le pardon, Julie commence à comprendre la fuite de cette femme et les larmes qui veulent franchir ses cils présagent sans doute une promesse d'absolution.

La main de Julie s'avance alors vers celle de Murielle. La touche. Le geste la brûle. Non ! Elle n'est pas encore capable de pardonner. Ni le temps ni les mots ne peuvent effacer la blessure laissée par le suicide de son amie. Une colère hurle en elle, dévastatrice. Un feu de forêt. D'un bond, incapable de se retenir, Julie se lève et se met à injurier Murielle. Les mots sont d'une violence surprenante. On n'aurait jamais pu soupçonner que Julie puisse être si tranchante et si cinglante.

— Putain ! Espèce de clocharde, mère dénaturée, voleuse de vies, criminelle… les mots sortent de sa bouche comme des couleuvres.

Personne ne fait un geste pour l'arrêter ou la calmer. Surpris, tous la dévisagent. La colère l'a fait sortir de ses gonds et elle tremble de tout son corps. D'Artagnan la soutient délicatement par le bras et l'amène s'asseoir à l'écart. Murielle et Léo quittent discrètement. Il faut laisser s'apaiser le feu brûlant de la mémoire.

Dehors le vent s'est levé et une pluie verglaçante commence à tomber. Les branches des arbres se cognent entre elles. Couchée sur la poitrine de son mari, Julie grelotte, chavirée par cet excès inhabituel d'émotivité. La colère sourde logée en elle n'a jamais franchi le cap de la parole. Pour la première fois, elle vient de toucher au nid profond de deux deuils inachevés : celui de sa mère Paula et celui de Mélodie. Julie pleure sans pouvoir s'arrêter.

Le pardon sera pour une autre saison. En attendant, la nuit apportera peut-être un peu de quiétude au village secoué encore une fois par les souvenirs d'hier.

Comment faire pour pardonner les horreurs de la guerre ? Les viols ? Les enlèvements d'enfants ? Les meurtres et les trahisons ? Comment faire pour dénouer la colère ? Comment se résigner à la souffrance injuste ? Comment accéder à l'ouverture d'une conscience plus grande que la douleur de la perte ? Julie se questionnait et n'arrivait pas à trouver le sommeil. Alors que son village se reposait, la tempête s'était levée à nouveau dans son être.

Chaussée de pantoufles de feutre, elle glisse silencieuse à travers la pièce centrale du moulin. Les toiles de Joconde sur les murs s'ouvrent comme des fenêtres de couleur dans la nuit sombre. Les bougies qu'elle a allumées dessinent des ombres fugitives sur les parois de plâtre blanc. Elle arpente les heures d'insomnie, essayant de découvrir un passage, si petit soit-il, qui la mènerait à pardonner à Murielle. Une lutte se livre en elle, féroce. Comment Murielle a-t-elle pu abandonner son enfant ? Elle, Julie, n'aurait jamais pu quitter sa Jonquille ou son Raphaël. Mais elle, ne l'a-t-on pas abandonnée ? Cette pensée la foudroie. Une crevasse profonde s'ouvre alors, au rappel douloureux de l'abandon ressenti à la mort de sa mère biologique et qui loge depuis dans son âme meurtrie.

Pendant ce temps, dans la maison de la falaise, non loin du moulin, Murielle ne dort pas non plus. Elle égrène un chapelet de grains de roses que sa grand-mère lui a donné il y a longtemps et qui ne l'a jamais quittée depuis la mort de la petite… la petite… l'autre…

En ce temps-là, Murielle avait accouché à la maison de deux petites filles, maigres et blanches. Cette nuit-là, le vent du nord sifflait. On aurait dit que la nature témoignait de ces deux naissances en leur réservant une résonance particulière. Les jeunes parents les avaient appelées : Mélodie et Symphonie. Malheureusement, quelques heures après le départ de la sage-femme, une Indienne venue de Gaspé, la petite Symphonie, plus délicate, avait eu des difficultés à respirer. Jocelyn, paniqué, incapable d'intervenir et de la sauver, l'enfant était décédé dans les bras de sa mère impuissante. Après deux jours, le couple inexpérimenté et dépassé par l'événement avait décidé d'enterrer la dépouille du nouveau-né à la cave. Décision hâtive, comme s'ils s'étaient sentis coupables ou peut-être avec le désir de camoufler cette mort qui présageait un avenir néfaste. Toutes sortes de rumeurs circulaient déjà sur ce couple venu s'établir dans la maison de la falaise. La naissance d'un seul bébé, alors qu'on croyait Murielle enceinte de jumeaux, n'avait fait qu'alimenter les racontars.

Les mauvaises langues décriaient leur façon de vivre à l'écart. Après tout, ils étaient des étrangers ! Et accoucher chez soi, ça ne se faisait plus depuis des années, il fallait bien être hippie comme eux pour faire ça ! Et comment se faisait-il que la mère et l'enfant n'avaient été visibles dans la rue du village qu'au bout d'un an seulement ? L'enfant était-elle infirme ? Et puis, avec le temps, la petite famille avait pris racine en ce coin de pays. Mais ils demeureraient toujours *les exilés*. Il faut dire que les querelles légendaires du couple et la personnalité intrigante de Mélodie n'avaient fait que nourrir au fil des années des histoires de toutes sortes. C'est ainsi qu'après le départ de Murielle et la mort tragique de Mélodie, la maison de la falaise avait hérité de sa légende de maison qui pleure, puis de maison hantée.

Comme appelée par cette image du passé, Murielle se lève pour descendre à la cave, se demandant si la boîte funéraire y est toujours. Étonnamment, elle est très calme. Elle constate que tout a été nettoyé et rangé. La fondation en pierre a été recimentée. Plus rien du passé ne subsiste. Les gens qui y habitent ont débarrassé les lieux de toutes ces choses qu'on accumule pêle-mêle. On n'y trouve plus que des cordes de bois et une liasse de vieux journaux dans une caisse. Quelques tablettes le long du mur avec des réserves de confitures et de cornichons. Le sol de terre battue a été recouvert d'une épaisse couche de pierres concassées. La boîte-cercueil semble introuvable. Murielle remonte à l'étage, avec l'impression de traîner des pans de sa vie le long de cet escalier tant de fois emprunté.

Mais qu'est devenue la sépulture de la petite ? Murielle a repris le chapelet, égrenant cette question, à l'infini.

— Tu ne dors pas, Murielle ?

Léo arrive du grenier. Sa mèche trop longue cache une partie de ses yeux. Ses mains fermes et apaisantes viennent se poser sur les épaules de Murielle. La berceuse s'immobilise. Le vent siffle dans la cheminée éteinte.

— Ça refroidit, dit Léo.

Sur les cendres encore chaudes, il dépose deux bûches bien sèches, bien taillées qui crépitent instantanément. Une odeur sucrée de cèdre parfume la pièce et Léo vient s'asseoir par terre devant le feu. Derrière lui, Murielle a recommencé à se bercer.

— Qu'est-il advenu de la boîte enterrée à la cave ? demande Murielle.

Léo tourne la tête vers elle, surpris.

— Nous l'avons enfouie sous le chêne du jardin, il y a longtemps. Tu connais l'existence de cette sépulture ?

Murielle lui raconte alors la naissance des jumelles. Comment, dès le début, sa famille avait été marquée par la mortalité. La perte, devenue secret et mensonge, avait creusé sa fosse en cette maison. D'où peut-être l'alcoolisme de Jocelyn et sa fuite à elle en d'autres lieux, d'autres nuits. Ils n'avaient jamais reparlé de cette fatalité, mais en étaient sûrement restés très marqués. La présence de Mélodie leur rappelait sans cesse l'absence de Symphonie. Ce secret avait creusé en elle un vide qu'elle avait tenté de combler par une course effrénée, une déroute qui la ramenait finalement dans la maison qui avait vu naître son tourment. Le passé nous rattrape toujours, disait-elle, écrasée sous les souvenirs et leurs poisons.

Léo s'est retourné face à elle et l'écoute. La laissant tout dire, tout révéler. Une fois pour toutes. Qu'elle se débarrasse enfin de tout ce qu'elle traîne depuis trop longtemps, du côté obscur de l'âme. Par peur d'être jugée, condamnée. Elle parle… parle… Les mots sont comme des murs qui s'écroulent sous le pouvoir de la parole, laissant la lumière pénétrer la maison. Sa maison. Celle de sa vie qu'elle travaille à transformer depuis tant d'années.

Le jour s'était levé tout à fait. Le fleuve sombre poursuivait son cours. Léo et Murielle s'étaient finalement endormis devant le feu, mais tout à coup des coups répétés à la porte les réveillèrent.

Le Renard se tenait dans le cadre de la porte ! La barbe longue, la chevelure lui tombant sur les épaules, la tête coiffée d'un bonnet de laine. Avec son œil d'acier sous le sourcil en bataille. Peu à peu, le revenant laissa voir sa métamorphose: le Renard avait blanchi! De roux argenté, il était devenu tout blanc. Sorti du contre-jour, il apparut comme un très vieux Saint Nicolas.

Surpris, Léo demeura figé. Fallait-il le laisser entrer? Que rapportait-il cette fois-ci dans son arsenal de mauvais jours? Il lui ouvrit.

— Monsieur Marin? Comme vous avez changé!

— Bonjour Léo. Merci, merci de me laisser entrer. J'arrive de si loin, si vous saviez…

Il retire son manteau, son bonnet et ses bottes. Il se tient droit. Une énergie nouvelle se dégage de toute sa personne. Le teint a rajeuni. L'ombre du regard a cédé la place à une luminosité que Léo remarque immédiatement. Murielle, quant à elle, s'est éclipsée dès qu'elle a entendu frapper à la porte. Par pudeur, craignant sans doute que quelqu'un du voisinage la surprenne ainsi étendue avec Léo, au milieu du salon. Ce dernier ramasse les couvertures, les plie soigneusement et entreprend de faire du café. Le silence se réinstalle. Ni l'un ni l'autre ne parle. On entend l'eau couler, Murielle prend une douche. Le Renard, nerveux, lorgne vers la porte de la salle de bain.

— Excusez-moi si je vous dérange? J'ai peut-être réveillé Marie-Capucine?

Parti de Cap-au-Renard depuis l'été dernier, il ne sait pas que Marie-Capucine s'est noyée. Léo lui raconte peu à peu ce qui s'est passé tout en servant le café. Le Renard écoute, la tête baissée, et à la fin du récit, il lève son regard vers lui.

— J'ai beaucoup à me faire pardonner. J'ai aussi beaucoup à pardonner. J'ai peur, Léo. Aidez-moi à me pardonner. J'ai tout essayé et seul je n'y arrive pas.

De son côté, Murielle l'a reconnu tout de suite au timbre de sa voix. Derrière la porte de la salle de bains, juste avant d'entrer sous la douche, tout a refait surface. La mémoire brutale d'hier. Mystérieuse mémoire auditive qui, par une musique reconnue ou une voix ranimée, nous ramène d'un coup en arrière. Une demi-heure sous la douche pour laver la crainte, le désarroi et la colère. Noyer l'agressivité montante, délaver la rancune, purifier son corps et son être du ressentiment qui l'habite. S'habiller comme une princesse orientale, épouser le jour, enfin venu de marcher vers son passé, la tête haute, le cœur ouvert. C'est ce qu'elle veut.

Murielle sort de la chambre. Elle ressemble à une grande prêtresse. Vêtue d'une robe de soie safran, enjolivée de broderies serties de minuscules miroirs, pieds nus, elle s'avance au milieu de la cuisine. Son corps ondule sous la robe et le froissement de l'étoffe dégage une odeur de lavande et de tilleul. Le visage est lisse, sans maquillage. La tête, rasée. On dirait une sculpture. L'œil est fixe, la bouche à peine entrouverte.

Murielle se tient debout, royale, face à son passé.

Léo observe la rencontre.

— Bonjour, Jocelyn.

Le Renard blanc est sidéré. Il croit à une apparition. Murielle ici, dans cette maison ? Cette femme à l'allure de Shiva, est-il possible que ce soit Murielle ? Il hoche la tête, plisse les yeux, n'arrive pas à y croire. Submergé par l'émotion, Jocelyn tremble comme si un vent glacial lui traversait la poitrine. Il est un arbre livré à la tempête, un chêne déraciné. Il a mille ans de peine à racheter.

— Mu… Mu… Mu…

Il bégaie, n'arrive pas à prononcer le nom de Murielle. Il se sent défait, anéanti, à la dérive sur le fleuve, ou enfant perdu dans le bois, animal blessé sans plus de force pour hurler.

— Mu… Mu… Mu…

— Tais-toi ! siffle-t-elle, cinglante.

La femme royale a disparu. La douceur aussi. La colère a ressurgi d'un coup. Elle croyait l'avoir noyée dans l'eau purifiante, elle refait surface, rugissante et démesurée. La voici face à face avec lui. Tout près, presque contre lui. Habitée d'une violence extrême. Un cri profond et douloureux monte à ses lèvres.

— Je ne pourrai jamais nous pardonner ! Et elle s'effondre sur le plancher.

Avec l'aide de Léo, le Renard la transporte, dans la chambre des amours. Léo tire les rideaux, allume une petite veilleuse ; une ballerine tourne sur elle-même, diffusant une lumière orangée qui redonne une certaine douceur à Murielle, maintenant endormie. Sa poitrine se soulève à un rythme plus calme, plus régulier. Les deux hommes quittent la chambre. À pas feutrés.

— Je vais aller marcher un peu, dit le Renard. Puis-je revenir plus tard ?

Léo acquiesce. Il ne comprend pas lui-même pourquoi il accepte d'accueillir les survenants de cette maison. C'est contre tout bon sens. Ce Renard sournois semble être à l'origine du suicide de sa fille et n'est peut-être pas étranger aux malaises de Marie-Capucine survenus quelques semaines avant sa noyade. Pourquoi le laisse-t-il pénétrer à nouveau la vie de cette maison ?

Un instinct plus fort que son jugement ou sa raison lui dicte d'accueillir. Léo, porté par l'instant, écoute. Pour lui, ce qui se manifeste doit être regardé et considéré. Malgré les apparences d'incohérence.

Il voit le Renard s'éloigner au bout du chemin. D'un pas lourd. Sa silhouette disparaît, ne laissant à l'horizon que le point rouge de son bonnet de laine.

Léo revient s'asseoir au salon. Son corps élancé se cale dans les coussins du divan. Il ferme les yeux. Il voyage. Seul à présent. Mais le souvenir de celle qu'il a aimée a laissé une empreinte inscrite à jamais. Celle d'un véritable partage, d'une rencontre unique. Et rien, ni même la mort, ne pourra altérer le sentiment de cette communion d'amour qu'il a eu le privilège de vivre avec Marie-Capucine.

Il ouvre les yeux et son regard se pose sur une photo dans un petit cadre en acajou au-dessus de la cheminée. Sur la berge de la rivière Mingan, Marie-Capucine se tient, souriante, au milieu d'un groupe d'enfants montagnais. Chaque fois qu'elle rencontrait des enfants en voyage, elle voulait toujours être photographiée avec eux. Ils n'ont pas eu le bonheur d'être parents. Mais ils ont été des témoins, parfois des guides, pour ceux qui ont croisé leur route.

La neige a repris. À gros flocons, elle tombe drue, en accéléré. Le Renard blanc marche à grandes enjambées, soulevant la neige folle. Il s'est engagé sur le sentier qui mène au fleuve. Il chemine depuis mille ans lui semble-t-il. S'arrêtera-t-il un jour ? Et où ? Sa route le ramène sans cesse à ce Cap. Comme un port d'attache, un boulet de bagnard. Incapable de poursuivre son chemin, prisonnier de ce village aux secrets enfouis dans les cœurs, les corps et les caves. Pourtant, il marche, il avance. Les voix du passé, sirènes moulées aux roches glacées de la grève, gémissent, murmurent, l'appellent. Le Renard se souvient…

De ce jour d'été, où il a de justesse retiré la baigneuse des eaux glacées du fleuve. Son corps d'algues qu'il a couché sur les cailloux roses, verts et jaunes. Ses mains frémissantes pour calmer la peau frissonnante. Et ce baiser comme un bûcher ardent venu allumer son sexe qu'il croyait épuisé de vieillesse.

Soudain, il s'arrête. Un vrai renard roux argenté, au poil dense, aux yeux vifs, vient d'apparaître. La bête et l'homme se font face. Dans la tempête. Le ciel déverse maintenant une poudre mœlleuse. L'animal s'approche pour renifler l'homme qui s'est accroupi sur ses talons. La bête le frôle, comme un chien, donnant de petits coups de museau pour quémander une caresse. La main de l'homme retire le gant de cuir et pénètre la pelisse soyeuse de l'animal qui ferme à demi les yeux, enivré par cette main large et forte qui redresse le poil, parcourt l'échine, frotte le cou. Tout à coup, la main s'est durcie. Dans un bref éclair de réminiscence, le Renard a revu sa main tremblante sur les seins à naître de son bébé marsouin. La main s'est mise à serrer trop fort. Alors la bête, surprise, l'a mordue et s'est enfuie.

Le sang gicle de la main. Les crocs ont laissé leurs entailles profondes. Le Renard est tombé à la renverse dans la neige. Péniblement, il se relève, son long manteau s'enroulant entre ses jambes. Il soulève sa main blessée, essayant de se faire un garrot de fortune à l'aide de son foulard. Et puis, il marche à contrevent. Des taches de sang marquent sa foulée dans la neige. Cachés au creux de la falaise dans un buisson de sapinage, des yeux de feu observent l'homme qui s'éloigne, en sachant qu'il va mourir. Demain.

Inquiet de ne pas le voir revenir, Léo suivit bientôt la trace des pas vers la mer. Il retrouva le Renard allongé en travers du sentier escarpé, face contre neige, le bonnet rouge couvrant toujours sa tête. Il tira le corps à bout de bras, jusqu'à la maison. L'homme à demi inconscient marmonnait des choses inintelligibles. Murielle ne fit aucun commentaire. Elle s'affaira au chevet du blessé, aidant Léo à nettoyer la plaie, à préparer un bandage. Une sorte de danse autour du lit avec des mouvements précis. La bassine d'eau, le linge, l'un passant à l'autre le désinfectant, les pansements, les ciseaux. Dans ce silence, seul, blessé, perdu dans une vision lointaine, l'homme gémissait.

La porte s'est refermée sur la chambre endormie. Léo s'est retiré. Murielle veille au chevet de Jocelyn qui dort.

Sa respiration est devenue plus paisible. Elle l'observe. Qu'est devenu cet homme qu'elle a jadis aimé ? Elle retire la couverture pour le regarder. À nu. Elle retrouve un corps qui a souffert. Des chairs sillonnées de plis, de creux, de cicatrices. La peau bleutée de veines. Un sexe minuscule, abandonné comme un nouveau-né dans une toison blanche. Elle pense qu'elle aussi vieillira un jour comme lui et redeviendra un enfant. Vulnérable et fragile. Elle aussi espère être pardonné de toutes les maladresses, de toutes les violences.

Les mains de Murielle se posent sur ce corps offert. Ses doigts remontent les sillons du pied jusqu'au cœur, glisse sur le sein d'un vieillard endormi qui ne craint plus rien. Elle parcourt, avec une douceur qui l'étonne elle-même, les replis de ce corps flétri, elle oublie la trahison, elle lui pardonne tout. L'ivresse du passé, la tourmente, les mots blessants, les coups frappés. Et tout à coup, Murielle ne se sent plus seule.

Le vent a pénétré la chambre et il fait un peu froid. Murielle sent leur présence. Elles sont là. Elles attendent. Naturellement, comme si elles n'étaient jamais parties. Il y a comme un chant mystérieux dans l'air. Comme une chorale lointaine. Murielle n'a plus froid.

Jocelyn sursaute et ouvre les yeux. Son corps se tend, sa bouche tremble, il essaie de parler… n'y arrive pas. Murielle lui touche la main.

— Je te pardonne, Jocelyn. Tu peux partir en paix.

Les yeux du mourant se sont plissés dans les larmes… la tête bascule. Le vent vibre et chante encore, puis se retire. Un parfum de mer envahit la chambre. Mélodie, Marie-Capucine et Jocelyn s'éloignent au-dessus des vagues. Murielle jurera les avoir vus tous les trois disparaître à l'horizon. La vision n'a pas duré, mais elle fut si intense que Murielle a du mal à revenir à tout ce qu'il faut faire. Mais elle y vient, enfin.

La bassine est remplie à nouveau. Murielle lave le corps avant de le laisser entre les mains des experts et des gens de loi. Elle le touche une dernière fois. Pour lui dire adieu. Puis, délicatement, elle remonte le drap pour le couvrir en entier. La dépouille flotte sur le lit comme un radeau à la dérive. Et Murielle est contente. L'âme s'en est allée, en paix. Soulagée. Son destin parachevé. Elle le racontera à Léo, à Irène et à Julie. Elle leur dira que sont mystérieuses les routes empruntées pour que s'accomplisse la rédemption. Pour que l'âme puisse enfin s'élancer vers la lumière, désormais sortie des maisons de l'enfance et des amours ratées.

Le médecin fut appelé pour venir constater le décès. La police également. Les jours suivants, l'autopsie révéla qu'il s'agissait d'un arrêt cardiaque dû à un anévrisme au cœur de la grosseur d'une orange. Léo n'avait pu retracer aucun membre de la famille, et personne n'avait réclamé le corps. La vie nomade du Renard avait dissipé toute appartenance. Mais elle l'avait pourtant ramené au lieu même où il avait vécu, auprès de celle qui l'avait quitté et qui venait de l'accompagner dans cet ultime pardon. Ce pardon, il l'avait souhaité avant de mourir. Il s'était retrouvé tellement seul, si coupable et si vulnérable. Il avait accepté que soit révolu le temps de fuir et de mentir.

Au seuil de la mort, quand l'orgueil s'est fané, qu'on n'a plus rien à défendre, on peut abdiquer et déposer les armes, pensait Murielle. On s'offre à l'ombre qui vient nous mener à la lumière. C'est la dernière épreuve. Parce qu'il faut, pour cette fois, renoncer à tout. Et c'est souvent à ce moment-là que Dieu se révèle à ceux qui l'ont abandonné. De cela, Murielle était persuadée.

La messe fut chantée à la chapelle, exceptionnellement ouverte à la demande de Léo et d'Irène. Le village qui l'avait connu se recueillait. Murielle fit la lecture de l'Évangile et assista le prêtre à la communion. Il n'y eut pas de réception après, Murielle et Léo préférant demeurer dans le silence de ce matin d'hiver. Avant de quitter la chapelle, Julie offrit à Murielle un cadeau inattendu.

Murielle attendit d'être à la maison pour ouvrir le paquet. Installée devant l'âtre du salon, elle palpa doucement l'ultime cadeau que la vie lui offrait. C'était le cahier même qu'elle avait offert à sa fille. Il lui était finalement restitué. Il avait voyagé des mains de Marie-Capucine à celles de Julie pour venir se déposer entre les siennes, trente ans plus tard. En faisant don du cahier de Mélodie, Julie commençait ainsi à faire son deuil et à pardonner. La couverture était toute craquelée… Les mains tremblantes, Murielle l'ouvrit… en songeant au pouvoir de l'écriture. Elle ne meurt pas. Tout peut être nommé, tracé. L'amour comme la peur.

Certaines pages étaient raturées, d'autres brûlées. Il y avait aussi des photos, des dessins. Des noms jalonnaient certains endroits comme un héritage laissé à la mémoire de ceux que Mélodie avait aimés.

Minou.

Viens Minou. Viens encore te coucher en boule toute chaude sur mon ventre. Ta patte si douce caresse ma peau. Ta langue rugueuse me réveille. Je te flatte durant des heures et la nuit se prolonge entre nous. Sans bruit. Que ton ronron qui berce mon lit d'enfant ! Parce que je suis encore une enfant. Mes seins pointent à peine. Mon petit minou à moi n'a pas encore de poil. Il est tout rose. Si vulnérable. Si frémissant. Quand les mains de la nuit écartent sa chair tendre, c'est comme si on ouvrait une fenêtre trop grande sur la nuit froide, en déchirant les rideaux de mon innocence.

Minou d'amour, depuis qu'on t'a enterré au pied du chêne, mon ventre est une colline dévastée, une île perdue dans la mer. Mes petites mains ne peuvent rien contre les forces de la nuit. Je pleure, je te cherche dans mon lit.

La maudite vache ! Elle est rentrée à cinq heures du matin. Ça a bardé fort dans la cuisine. Jocelyn, comme d'habitude, s'était endormi sur le divan, devant la télévision. Quand je me suis postée au haut des marches, le spectacle était assez triste. À l'écran, on présentait un film de cul. Jocelyn avait une tête d'enterrement. La barbe hérissée, comme un voleur surpris en flagrant délit. Et la Murielle qui lui sautait au visage. Elle avait dû prendre de la coke toute la nuit parce qu'elle était super « speedée ». Je me suis mise à crier :

— Aie ! Ça va faire !

Ils se sont arrêtés d'un coup et m'ont dévisagée. Ils faisaient pitié à voir, Minou. On aurait dit deux naufragés des rues de Montréal, comme j'en vois dans les reportages à la télévision. Chez nous, les naufragés du cœur se cachent derrière les portes des maisons et font semblant de vivre. Normalement. Ici, les gens désespérés se fossilisent dans la roche gaspésienne. Sans argent, sans avenir. Ils boivent leur espoir et sniffent leurs rêves noirs.

— Vous avez pas d'allure !

Et je suis montée m'enfermer dans ma chambre. Penses-tu que j'allais pleurer devant eux autres ? C'est dans ces moments-là que tu me manques, Minou. Après, je suis sortie pour aller t'écrire sur la grève. Le vent est fort, il va neiger bientôt. Tous les bateaux qui montent ou qui descendent le fleuve m'appellent. Est-ce que je pourrai un jour m'embarquer ?

J'ai mal au ventre. J'ai mal au cœur. J'ai mal à la tête. Je deviens femme. Murielle m'a pris à part pour me parler. Elle n'a pas fait trop de cérémonie. Dans ma chambre, elle m'a fait déshabiller pour que je me regarde dans le miroir. Elle m'a expliqué les choses de la sexualité. J'étais gênée d'être toute nue devant elle. Pas de ce qu'elle me disait. Il y a longtemps que je sais à quoi sert mon minou pas de poil. Y'a quelqu'un ici qui s'est chargé de me l'apprendre. Elle parlait sans délicatesse. Je la trouvais vulgaire. Je pense que ma mère n'aime pas le sexe. Finalement. J'ai remis mes vêtements. Dans ma culotte, la serviette sanitaire qu'elle m'avait donnée se frottait à mes cuisses maigres. J'aimais pas ça. Il me semblait qu'un intrus se postait là, à m'épier. À l'école, je n'arrivais pas à écouter. Juste un bourdonnement dans ma tête. Je suis allée aux toilettes vérifier au moins dix fois si ça n'avait pas taché, si je ne devenais pas une mare de sang. Murielle dit que la tache originelle dans l'histoire d'Adam et Ève, c'est ça ! Que nous, les femmes, serons à jamais marquées d'avoir succombé à la tentation de la pomme et d'y avoir entraîné l'homme. Maudite pomme. Anyway, *j'haï les pommes.*

Julie.

Est-ce que tu te demandes parfois, Julie, qui était ton père, celui qui un soir de brosse ou d'amour, de tendresse ou de détresse a déposé sa graine en semence de ta vie ? Te demandes-tu parfois, Julie, où tu serais si Paula et Roméo ne t'avaient pas recueillie après la mort de ta mère ? Je ne t'aurais jamais connue. Je ne pourrais pas tenir ta main pour rentrer de l'école. Je me sentirais plus petite, plus perdue. J'ai l'air frondeuse comme ça, mais je suis fragile.

Que deviendront nos vies ? Il me semble que je pressens déjà pour toi une vie heureuse. Tu as été aimée, tu sauras aimer en retour. Est-ce que l'on ne donne pas que ce qu'on possède ? Moi, je ne possède que des secrets qui me paralysent. Je n'arrive pas à te les confier, toi pourtant si douce, si proche. Aurais-je pu t'aimer ? Comme dans les livres et les films ? Je veux dire de façon romanesque ? S'aimer comme des amantes ? Tu vois, je ne sais pas ce que c'est l'amour, alors je le cherche dans toutes les directions, n'importe où, avec tous ceux qui croisent ma désespérance. C'est un beau mot, la désespérance. Je te l'offre, Julie, en testament, en témoignage de mon affection pour toi. Si je venais à quitter le village, la terre, ce mot est pour toi. J'ai perdu l'espérance. C'est terrible de se sentir comme ça à quatorze ans. Je n'en parle à personne. J'ai honte. Je me sens un échec. Je me sens de trop.

Quand Minou est mort, quelque chose s'est cassé. Un fil s'est rompu. Depuis, je me sens somnambule dans ma nuit. Je ne me suis pas vue grandir. Comme si je n'avais pas existé, exilée ailleurs. En dehors de moi. Peut-être voulais-je me protéger ? Avec Michel, la vie a refait surface. Cela m'a fait sortir des eaux marécageuses où je m'étais engloutie. Michel a rescapé mon être. Brasier. Je suis devenue brasier. Ses lèvres sur moi effaçaient toutes les ruptures, léchaient toutes les blessures.

Toi aussi, jolie Julie, tu découvres l'amour. Il marche à tes côtés comme le chevalier qu'il est. Il en porte le nom : d'Artagnan. Je n'aurais jamais osé l'aimer, moi. Sa tendresse est trop grande, trop immense. Cela m'aurait fait peur. Je ne connais que la force violente et la détresse. C'est ce qui m'attire. Les êtres de lumière comme lui m'aveuglent, j'ai besoin d'ombre. Michel est une ombre comme Jocelyn. Des êtres torturés, blessés qui crient, l'un par la couleur déployée sur les murs de son moulin et l'autre dans les larmes qui se déversent sur le sofa. C'est bizarre d'écrire tout ça. En plus, tu ne le liras jamais.

Les êtres écorchés m'appellent, on dirait. Peut-être que lorsqu'on a besoin d'être sauvée, on s'attache à ceux qui, comme nous, appellent au secours. Comme si essayer de sauver les autres nous empêchait de nous noyer nous-mêmes. Pourtant les naufragés nous entraînent toujours avec eux. C'est pour ça que Murielle s'est poussée. Pour ne pas sombrer avec Jocelyn. Moi, je vois la maison de la falaise m'engloutir de plus en plus. Les sirènes se sont tues.

Julie, qu'est-ce qui fait qu'on grandit heureux ? Est-ce l'enfance qu'on nous a donnée ? Pas toujours. La preuve : toi l'amour t'attendait plus loin en d'autres bras. Est-ce le destin qui nous assigne des sentiers périlleux, sauvages ou de pétales de roses ? Pourquoi des enfants n'auront connu que la guerre ? Pourquoi les famines, les exodes ? Les mains de la nuit me paraissent un mal supportable en comparaison de tous ces ventres affamés de par le vaste monde qui gonflent en appelant au secours. Est-il pire d'avoir mal au ventre ou mal à l'âme ? Jusqu'où irons-nous, Julie, pour survivre ?

Pourtant.

Je veux simplement vivre. Je vais avoir quinze ans dans quelques jours. Ma maison se déchire comme les vagues mauves d'octobre. Aurai-je la force de traverser un autre hiver ? Cap-au-Renard se referme sur moi. En sortirai-je jamais ? Murielle a bien fait de se pousser d'ici. Mais… Elle aurait dû m'amener avec elle. Je l'aurais suivie comme un toutou docile. Elle ne voulait pas de moi. J'ai souvent envie d'entrer dans le fleuve pour disparaître.

Flotter au fond de la mer, devenir une algue. Le fleuve qui court devant mes yeux depuis ma naissance m'appelle. Sera-t-il mon tombeau ?

Ça va de plus en plus mal à la maison. Je m'échappe le plus souvent possible pour rejoindre Michel à son atelier. On ne parle pas beaucoup, je le regarde peindre. Il a l'air de plus en plus sombre chaque jour, mais quand il peint on dirait que sa vie devient plus légère, quelque chose s'anime en lui. Ses mains sont longues, on dirait des ailes. Un oiseau dans un moulin, prisonnier de ses pinceaux. J'ai peur. S'il n'arrive plus à peindre, il mourra. Michel peint et moi, j'écris. À chacun son rivage. Parfois, avant de partir, il me couche sur le tapis et me lèche les pieds. Moi, j'enroule mes doigts maigres dans ses cheveux et nous restons là, une éternité. Certains jours, je ne veux plus rentrer à la maison. Je reviens par la grève, je regarde vers la falaise et je m'interroge : combien de temps il me reste à vivre ?

Jocelyn, assis devant la télé, me regarde entrer. Il insiste pour que je lui tienne compagnie. Je lui sers une autre bière et je m'assois à ses pieds. Sa main court sur mon cou. Il se sent rassuré que je sois de retour. Il me chante des chansons tristes, je réponds à mi-voix. Il m'appelle sa bien-aimée. C'est étouffant. Il pleure tout le temps. Il n'a plus la force de me prendre malgré moi. À présent, je le borde jusqu'au lit de sa tourmente. Il est mon enfant, que je déteste et que j'aime tout à la fois. Mon père est démuni, je suis une femme sans voix. Murielle est partie depuis deux mois.

Je me promène chaque jour sur la grève. Mes promenades s'éternisent. J'ai peine à revenir. J'y resterais à compter tous les cailloux. La plage est mon sablier. Jusqu'à quand vais-je prolonger ma vie ?

J'observe les goélands, hauts dans le ciel, qui, dans une descente vertigineuse, plongent dans l'eau glacée comme les avions-oiseaux qui fonçaient sur Pearl Harbour pendant la dernière guerre mondiale. J'ai vu un reportage à la télévision hier. Jocelyn n'arrêtait pas de les traiter de fous de mourir comme ça pour leur pays. Est-ce que mourir pour sauver sa vie, c'est fou aussi ? Curieux ce que je viens d'écrire. Hein, Julie ? Mourir pour sauver sa vie ? Quelle vie vaut si chère qu'on puisse en mourir pour la sauvegarder ? Ma vie intérieure. Celle que personne ne connaît. Ma vie vibrante aux mille couleurs que je ne veux souillée par personne. Aujourd'hui mon âme froissée pleure. Si fragile. Si sensible.

Julie, tu me dis tout le temps que je finirai seule, que personne ne pourra jamais me comprendre tout à fait. Personne.

J'ai trouvé un oursin que j'ai déposé avec tous les autres sur la table où j'écris sous la fenêtre. Je ne vois pas la mer d'ici, mais je l'entends qui m'appelle. Sans cesse. J'ai planté une plume d'eider dans le cœur de l'oursin comme une plume dans l'encrier. Les écrivains anciens utilisaient des plumes comme ça pour écrire. Chouette, hein? Tous les trésors de la mer m'appartiennent. Paula m'a enseigné tout ça. Comme je m'ennuie de ses galettes aux fraises… Paula… Paula est morte la semaine dernière. Julie demeure inconsolable. Roméo a bûché pendant trois jours. De rage. J'ai essayé d'aller à l'enterrement, mais je n'ai pas été capable. Jocelyn m'a dit que je manquais de cœur.

Michel.

Je suis devenue rouge comme une pomme quand je l'ai croisé au dépanneur. Je ne savais pas son nom. Il était couvert de taches de couleurs, les cheveux très noirs tombant sur ses cils. Des cils très longs. Des cils de fille. Il m'a dévisagée. Cela m'a troublée. Trop d'intensité dans ses prunelles.

Il est reparti dans une camionnette rouillée. Je le suivais à vélo. Je suis certaine qu'il ralentissait pour m'observer dans le rétroviseur. Je l'ai perdu de vue, finalement. Sur le chemin de Cap-au-Renard, j'ai reconnu la camionnette stationnée devant le moulin désaffecté. J'en saurai plus demain. Je saurai tout.

Michel. Il s'appelle Michel. Il est peintre. J'ai appris qu'il avait loué le moulin pour y vivre et y peindre. Il vient des terres intérieures. Il vient d'ailleurs. Laisse-moi pénétrer ton ailleurs. Laisse-moi m'approcher de ta fenêtre pour te regarder. N'en parle à personne.

À présent que tu es parti, Minou, je me suis fait un nouvel ami. Je rôde dans sa vie. Il me prend dans sa nuit. Nous sommes deux navires échoués aux cordages entrelacés. Je garde pour moi le secret qui m'habite, un secret heureux. Personne ne pourrait comprendre à quatorze ans… Je me tais. Je me barricade. Je glisse dans le silence de mon sexe depuis si longtemps. Personne ne saura jamais.

Mes petits seins sont durs et pointent vers demain. La bouche de Michel, ses lèvres, sa langue tracent des mots d'amour que l'on ne m'a jamais dits. J'en redemande. J'en ai tant besoin. Je découvre tout en même temps. Je m'enfonçais dans une spirale et c'est son corps qui a eu le pouvoir de me ramener au soleil.

Pourquoi t'es-tu poussé toi aussi ? Ailleurs. Dans « l'eau-delà ». Vers cette mer céleste. Inaccessible ici-bas. Faut-il mourir pour enfin trouver la paix ? On m'abandonne. Encore. Comment pourrai-je survivre à ton départ, Michel ? J'ai l'impression que tout s'écroule autour de moi. Je suis un arbre déraciné qui gît dans la tempête. Qui hurle ! L'écorce de ma peau brûle de chagrin. Je les ai vus emporter ton corps magnifique qui avait tant dansé pour moi. Une momie plastifiée sur une civière. Du sang séchait sur ma mémoire à mesure que tu t'éloignais.

On m'arrache le seul lien que j'avais avec la vie. Que me reste-t-il si tes mains ne sont plus sur moi pour assurer notre survivance ? Mon corps, à présent, est une toile déchirée aux couleurs sombres de sang craquelé.

Que deviendra le moulin ? Ton refuge, ton île sur la falaise, ton repaire ? Je l'entends gémir de ton absence. La grande fenêtre du nord pleure en regardant la mer. Les arbres se tordent. La mort s'y glisse somptueuse, venimeuse.

Je ne mange plus. Je n'ai plus faim. De rien. Aucune odeur ne vient plus chatouiller mon odorat et ma bouche s'est refermée sur tes lèvres inanimées. Toi parti, de quoi me nourrirais-je ? Les fruits du désir me sont interdits. À jamais. Je ne parle plus. J'écris. Ma main trace des mots, aligne des phrases pour ne pas enfoncer le couteau fatal, pour ne pas enrouler autour de mon cou fragile la corde maléfique. Je ne dors plus. Je veille tout habillée, étendue sur le plancher du salon à surveiller mon père évanoui dans sa solitude. Je monte la garde pour ne pas que l'on meure. Quelle tristesse que nos vies ! Comment pourrait-il en être autrement ? Je n'ai rien. Aucune ressource que la mort dans l'âme. Un cadavre gît à la place de mon cœur. Mon cœur est mort. C'est terrible, effroyable. Ne plus savoir aimer. Ne plus aimer. S'enfoncer dans la nuit sèche, sans larme. Qu'une froideur qui se colle à nos rêves qui figent ! Adieu village. Adieu.

Un renard roux est passé devant la porte hier. Dans sa gueule, un lièvre blanc. Dégoulinant de sang.

Murielle.

Elle est partie. Pouf ! Comme ça ! Sans crier gare. Sans avertir. Sans rien laisser. Pas un mot. Ni sur la table de cuisine, ni dans ma chambre, ni dans mes mains. Rien. Partie dans sa chemise de satin, ses bas résille et ses bracelets, elle s'est volatilisée. Comme ces femmes que les magiciens enferment dans de grands coffres qu'ils recou-

vrent d'un châle. Abracadabra!... Trois coups de baguette magique et voilà: disparue.

Tu m'as enfantée. Tu étais supposée m'aimer. Je ne comprends pas. J'ai peur. Qu'est-ce que j'ai fait ou qu'est-ce que je n'ai pas fait?

Jocelyn, comme d'habitude, s'était endormi sur le divan. À son réveil, il avait une sale tête. Les yeux bouffis, collés d'alcool. Il sentait mauvais. Quand il a vu que Murielle n'était pas rentrée, il est devenu fou. Il ne parlait plus, il criait. Des mots poignards, terribles. Si Murielle avait été présente dans la cuisine, cela l'aurait assassinée. Jocelyn est parti. Sans se laver. Il est allé la chercher au bar de Marsoui. Comme si elle avait couché là. Il était fou de rage. Je n'ai pas pu le retenir.

Je ne suis pas allée à l'école aujourd'hui. Je n'arrivais à rien faire, rien manger. Je me suis couchée en boule sur le tapis du salon devant le foyer. Comme un petit chat blessé! Je n'ai pas bronché de la journée. Jocelyn est revenu tard. La nuit était tombée. Il était échevelé. Il s'était rendu jusqu'à Percé en s'arrêtant dans tous les bars de la côte. Mais il ne l'a pas trouvée. Nulle part. À Marsoui, le gérant lui a dit qu'elle avait donné sa démission hier en disant qu'elle partait dans sa famille pour un temps indéterminé. Sa famille... c'était nous deux, sa famille!

Murielle, tu t'es poussée de mon enfance. Tu n'avais pas le droit! J'aimais mieux tes bras de serpent que ton absence. Maman! Maman! Je ne te le pardonnerai jamais!

Jocelyn.

Jocelyn a accepté que je lui fasse couler un bain. Il pleurait tellement. J'ai cru que le bain allait déborder.

Je me suis assise sur le siège de la toilette pour lui tenir compagnie. Je ne voulais pas qu'il s'endorme dans la baignoire. J'ai essayé de le rassurer, de lui dire que Murielle reviendrait…

« Je vais la tuer, Christ ! Je vais la tuer », qu'il marmonnait en pleurant. Il ne le fera pas, mais quand il est saoul… on ne sait jamais.

Je l'ai séché, couché, bordé. Il est mon enfant à présent. J'ai passé ma main sur sa cuisse. Il n'a pas bronché. Souvent, je n'existe pas pour lui. Il demeure loin de moi. Noyé. Je ne veux pas le perdre. Curieux ce que j'éprouve pour lui. Je le déteste et je l'aime. Un goût aigre-doux dans ma bouche quand je prononce son nom.

Papa.

J'ai bien le droit de te toucher quand tu dors. Toi aussi tu me touchais, enfant, quand je dormais. Ce que tu ne savais pas, c'est que je ne dormais pas. Je faisais semblant. Pour ne pas montrer que j'avais peur de ton regard qui divaguait. Je le sentais à tes mains frémissantes sur moi. Tu tremblais et tu pleurais comme tout à l'heure. Je voudrais te consoler. Depuis tellement longtemps. Mais je n'y arrive pas. Je suis muette et paralysée par la peur. Par la honte.

Je n'ai pas pu sauver ma mère, je n'ai pas pu sauver Michel, est-ce que j'aurai la force de sauver mon père ? Le sauver de lui-même et de ce qui le ronge et l'obsède ? Je suis l'instrument de sa honte, alors comment pourrai-je transformer son tourment ? Il y a en nous tant d'amour et tant de haine. Nous n'arriverons jamais à mourir, alors nous nous accrochons les uns les autres et partons à la dérive sur le fleuve de nos vies.

Nous devons aimer nos mères et nos pères, même s'ils sont nos bourreaux. C'est dans un sermon du curé à la chapelle que j'ai entendu ça la première fois. Ça m'a brûlé le cerveau. Je hurlais de douleur à l'intérieur. Personne ne pouvait entendre.

Moi ? Qui me sauvera de moi ?

Jocelyn, mon père, mon renard roux qui se cache dans sa tanière. Il ne sort qu'à l'heure mourante du jour, pour venir épier mon innocence. Combien d'enfants sont immolés ainsi dans des maisons riches, dans des maisons pauvres ? Dans les rues sombres et les arcades ? Sous les ponts et dans des champs fleuris ?

Moi ? Qui me sauvera de moi ?

Papa, j'avais mis toute ma confiance entre tes mains qui dessinaient les cartes du monde où tu voulais m'amener. Comment as-tu pu manquer à ta promesse ? C'est pour ça que je me désespère. J'avais des rêves, des espoirs, des envies, qui ont été barricadés dans la chambre du grenier.

La maison de mon enfance pleure. La douleur trop intense se faufile d'une nuit à l'autre sur la pointe des pieds. J'ai toujours peur de ne pas voir le jour poindre. Que la noirceur s'installe à demeure. J'ai crainte de mourir par ma main. Je m'y refuse encore. Je porte mon père accroché à mon cou sur une chaîne rouillée qui entrave mon corps tout entier. Je la briserai pourtant un jour. Comme ma mère qui s'est évadée dans le miroitement des verres, moi aussi je m'évaderai. Je ne veux pas devenir prisonnière d'une maison hantée par le drame de nos vies. Maudite sorcière ! Je te prédis la tempête. Tu perdras tous tes cheveux dans la nuit. Tu deviendras mendiante. Moi, j'aurai disparu.

Murielle a refermé le cahier.

Il fait noir à présent. Personne dans la maison. Aucun bruit. Le feu s'est éteint. Assise sur le divan, elle écoute. Des voix s'élèvent. Chuchotées, puis assourdissantes. Des voix qui crient, qui jurent et qui pleurent. Des mots qui retracent tous les chemins qu'elle a empruntés pour survivre. Peu de mots d'amour. Des mots rejets, des mots violents, des mots qui fracassent l'air.

— Sans-cœur ! Dévergondée ! Putain ! Pitoune ! Vache ! Cochonne ! Truie !

Traitée comme un animal, elle l'a été. Souvent. Des mots blessants, comme autant de couteaux que Murielle reçoit, imperturbable. Depuis l'enfance, son cœur s'est fait bouclier pour ne pas être transpercé. Et son orgueil, à la peau de cuir, si tenace. Elle a tant voulu être différente et prouver qu'elle s'en sortirait. Qu'elle ne pourrirait pas dans ce trou perdu.

Mais le mauvais sort que lui avait jeté Mélodie s'était réalisé. Il y a neuf ans, elle a perdu tous ses cheveux dans la tempête qui a traversé sa vie. Un cancer foudroyant qui l'a interpellée comme rien d'autre n'avait réussi à le faire auparavant. La chevelure sombre et soyeuse qui lui avait donné tant de beauté et procuré tant de misère n'avait plus jamais repoussé. Le signe évident qu'elle venait de franchir un point de non-retour. Que rien ne serait plus jamais pareil et qu'il lui fallait opérer un changement majeur dans sa vie. C'était urgent.

Murielle avait donc pris la décision de devenir sobre. Elle avait remonté le fleuve de sa guérison jusqu'aux Îles pour finalement revenir ici. Elle voulait tenter de renouer les liens dispersés. Mais que pouvait-elle faire maintenant pour Mélodie dont la voix douloureuse s'inscrivait muette dans ce cahier ? Sa fille n'était plus là. À présent, Murielle devait trouver en elle la grâce du pardon. Pour ce faire, elle raconterait toute la vérité pour que se taisent les rumeurs villageoises. Mais avant tout, le feu.

Elle se leva, ralluma la braise, y jeta le cahier.

Dans les pages qui brûlaient, elle regardait la flamme consumer sa maison, la chapelle, le village, le pays abandonné, déserté, oublié.

Elle quitta la maison sans se retourner.

ÉPILOGUE

Le tableau représente un chemin dont l'accès est interdit. Au loin, on distingue un clocher, au-dessus d'une structure dont les murs ont brûlé. Une maison en bardeaux bleus, sur le haut d'une falaise, fume, calcinée dans le vent d'hiver.

Il neige à plein ciel. La mer, à l'horizon, n'est plus qu'une mince ligne bleutée. Immobile. Plus bas, se trouve une femme au crâne rasé. De face. Les yeux mouillés.

Elle porte autour du cou un renard roux argenté dont la tête penche doucement sur son épaule fatiguée.

Le tableau est intitulé :

Retour à Cap-au-Renard. Gaspésie, Québec, 2002, Léo Petit-Pas.

REMERCIEMENTS

À Jacques Allard qui, par son accompagnement, m'enseigne et me fait goûter au plaisir et au privilège d'écrire.

À Jacques Hébert, mon amour, qui m'a ramenée dans la Gaspésie de mon enfance. La retrouver m'a inspirée.

À Roger, Louise, Marianne, Pierre-Louis, Julie, Suzanne et Roméo, mes amis de la Gaspésie qui m'ont ouvert leur maison et leur cœur.

À mon pays, le Québec, dont les paysages et les mots chantent en moi.